PAPERB

Mit Illustrationen von Gabriela Wendt

Hortense Ullrich
Allyssa Ullrich

schlaflos in hamburg

Roman

Rowohlt Taschenbuch Verlag

Originalausgabe
Veröffentlicht im Rowohlt Taschenbuch Verlag,
Reinbek bei Hamburg, Oktober 2010
Copyright © 2010 by Rowohlt Verlag GmbH,
Reinbek bei Hamburg
Lektorat Silke Kramer
Umschlaggestaltung any.way, Barbara Hanke /
Cordula Schmidt
(Abbildung: plainpicture / Narratives / Baldwin;
Archiv any.way)
Autorenfoto: © Leandra Ullrich
Innenillustrationen Gabriela Wendt
Satz Dante PostScript, InDesin, bei
KCS GmbH, Buchholz bei Hamburg
Druck und Bindung CPI – Clausen & Bosse, Leck
Printed in Germany
ISBN 978 3 499 21562 9

Für all die schlaflosen Mütter, deren Töchter
in der Welt herumturnen
– ebenfalls schlaflos.
Allerdings aus anderen Gründen ...

inhalt

Vorwort
von Hortense Ullrich

(Kann problemlos überblättert werden, ich bin's gewöhnt, dass man mir nicht zuhört. Also keine falsche Höflichkeit!)

«Mom!»

Ich versuche, genau hinzuhören und die Bedeutung des Wortes herauszufiltern. Das ist nicht so einfach. So wie die Eskimos 23 verschiedene Bezeichnungen für das Wort «Schnee» haben und die Nomaden mindestens ebenso viele für «Sand», entwickeln Töchter ab dem Teenageralter mindestens 23 verschiedene Betonungen für das Wort «Mom» oder Mami oder Mama oder Mutti (sagt das heutzutage noch irgendjemand?). Bei uns ist es jedenfalls «Mom». Kann daran liegen, dass meine Töchter in Amerika zur Welt kamen und dort sprechen gelernt haben, oder daran, dass es kurz und einsilbig ist. Egal. Jedenfalls ist die Bandbreite dessen, was es wohl bedeuten könnte, sehr groß, meine Trefferquote, die richtige Bedeutung herauszuhören, sehr gering.

Ich kann aber davon ausgehen, dass es zu 90 Prozent ein Tadel ist. Normalerweise lautet die Interpretation des Wortes «Mom»: «Gott, wie peinlich!», oder: «Misch dich nicht ein!», oder: «Ja, ich weiß …», oder: «Fang nicht wieder damit an!», oder: «Reg dich nicht auf!»

Natürlich könnte man einen ganzen Satz hinter das Wort «Mom» hängen, der Aufschluss darüber gibt, was gemeint ist, aber hey, wozu die Mühe, die Bedeutung liegt in der Betonung.

Es gibt natürlich einen Grund, wieso ich das Wort «Mom» so oft höre.

Mein Job als Mutter ist es, meinen Kindern möglichst viele Ratschläge, Lebensweisheiten und Problemlösungen mit auf den Weg zu geben. Und die knapp 18 Jahre, die ich dazu Zeit habe, reichen bei weitem nicht aus, alle Eventualitäten und Imponderabilien gedanklich durchzuspielen und entsprechende Anweisungen zu geben.

Kurz: Ich habe Probleme, loszulassen.

Als Allyssa ihren Führerschein hatte und ich zum ersten Mal als Beifahrerin neben ihr sitzen sollte, wurde mein Problem transparent. Ich lief mit dem Autoschlüssel in der Hand zur Fahrertür und meinte leichthin: «Ach, ich fahre.» Allyssa musste mir den Schlüssel abkämpfen und mich zur Beifahrertür führen. Ich protestierte immer noch, als ich bereits neben ihr saß.

Als sie den Wagen anließ, startete ich einen letzten Versuch: «Bist du sicher, dass du fahren willst?»

«Mom!»

«Ich meine ja bloß …»

«Mom! Entspann dich.»

Ich dachte kurz darüber nach, ob ich mir ihren Führerschein zeigen lassen und die Funktionen der Schalter am Armaturenbrett abfragen sollte, um Zeit zu gewinnen, aber als ich mich zu ihr drehte und den Mund aufmachte, traf mich ihr vorwurfsvoller Blick, und ich schwieg und fügte mich in mein Schicksal.

Allerdings murrte ich noch: «Aber ist doch wahr! Vor kurzem hab ich dich noch hinten in den Kindersitz gesetzt und angeschnallt, und jetzt soll ich mich entspannen, wenn du hier vorn am Steuer sitzt?!»

Sie grinste. «Das ist noch gar nichts, warte mal, bis ich ausziehe und alleine lebe!»

«Du könntest ja so lange bei deinen Eltern leben, bis du zu deinen Kinder ziehen kannst», schlug ich vor.

«Netter Versuch», meinte sie.

Ich schwieg.

In mütterlichem Tonfall sagte sie dann zu mir: «Mom, besser du machst dich mit dem Gedanken vertraut, dass ich erwachsen bin. Lass mich meine eigenen Erfahrungen machen. Keine guten Ratschläge, keine Anweisungen mehr, wie ich mein Leben gestalten soll, okay? Kriegst du das hin?»

«Na klar», log ich. Weil ich dachte, dass das noch ewig dauern würde.

War aber nicht so.

Gefühlte drei Tage später zog sie aus.

die episoden
von Allyssa Ullrich

(Mit Zwischenrufen von Hortense Ullrich)

Die mit dem tropfenden koffer

So, das war's. Ich war offiziell ausgezogen. Es musste nur noch ein einziger Koffer nach Hamburg. Na ja, und ich musste noch hin. Die Möbel und den restlichen Kram, den man nicht braucht, aber dauernd mit sich rumschleppt, waren schon in meiner neuen Wohnung. «Meine» Wohnung. Es hörte sich immer noch etwas komisch an. Ich würde mich wohl erst daran gewöhnen müssen, nicht mehr zu Hause zu wohnen, meine eigenen Entscheidungen zu treffen und vor allem mir die gutgemeinten Ratschläge meiner Mutter nicht mehr anhören zu müssen.

«Stoooopp!»

Meine Mutter.

Unglaublich, zwei Schritte vor unsere Haustür hatte ich ohne Kommentar von ihr geschafft.

«Was ist denn?», fragte ich etwas genervt und drehte mich zu ihr um.

«Dein Koffer tropft!»

«Hm, merkwürdig.» Ich schaute ihn mir genauer an. «Na ja, positiv sehen: Besser er tropft, als dass er brennt.»

Ich ging rasch weiter. Vielleicht konnte ich einer längeren Diskussion entfliehen. Keine Chance bei meiner Mutter.

«Warte mal, du kannst doch so nicht losfahren! Warum tropft er denn?»

«Könnte das Shampoo sein.»

«Ich fass es nicht! Dann mach gefälligst deinen Koffer auf und rette, was zu retten ist.»

«Mach dir nicht so 'nen Kopf. Ich hab noch eine Flasche Shampoo in Hamburg. Halb so wild.»

Sie sah noch ärgerlicher aus als zuvor. «Ich mach mir keine Gedanken, ob du etwas zum Haarewaschen hast, sondern um deine Kleider!»

«Ach so. Aber die kann ich doch waschen, wenn ich in Hamburg bin, oder? Obwohl, du hast recht. Warte mal …» Ich stellte den Koffer ab und öffnete ihn. Ganz unten fand ich, was ich suchte.

«Den Pulli wollte ich morgen anziehen, den nehm ich lieber raus. Danke, Mom.»

Meine Mutter sah mich ungläubig an. Mein Koffer zog inzwischen eine sichtbare Spur. Vielleicht hatte ich beim Kramen nach meinem Pulli mit meiner Uhr ein weiteres Loch in die Plastiktüte gerissen, in die ich die Shampooflasche gesteckt hatte. Ups.

«Hab ich dir nicht gesagt, dass du Shampooflaschen immer doppelt einpacken und in einen Kulturbeutel tun sollst?»

«Doch, weiß ich. Mein Kulturbeutel war aber voll.»

Den letzten Satz hätte ich mir sparen sollen. Meine Mutter holte tief Luft, und ich hatte die Befürchtung, dass mir gleich alle fünfzig unbenutzten Kulturbeutel aus unserem Haushalt um die Ohren fliegen könnten.

Doch bevor sie einen neuen Angriff starten konnte, bog ein Auto in unsere Einfahrt, und mein Freund stieg aus.

Ich ließ meinen Koffer stehen und hüpfte auf ihn zu.

Auf halbem Weg hielt ich inne. Ich hatte es geahnt. Meine Mutter hatte sich über meinen unbewachten Koffer hergemacht. «Mooom! Was tust du da?»

Ich rannte zurück und zog ihr den Koffer weg. Bevor sie sich ihn wieder erkämpfen konnte, drückte ich ihn Jonas in die Arme.

«Der Koffer tropft», informierte meine Mutter ihn.

Er sah mich fragend an.

Ich winkte ab.

«Halb so schlimm. Wir drehen ihn einfach alle zwanzig Minuten, dann läuft zu keiner Seite was raus.»

Solange ich das Drehen übernahm, war er einverstanden.

Es konnte losgehen.

«Ich hätte nie erlauben dürfen, dass du ausziehst!», schimpfte meine Mutter.

«I love you too, Mom», antwortete ich, während wir uns umarmten.

Jetzt musste ich es nur noch ins Auto schaffen, dann konnte mein neues Leben beginnen.

Als Allyssa abfuhr, winkte ich ihr ziemlich lange hinterher. So lange, bis mein Mann mich von der Straße zog und meinte: «Hortense, die beiden sind inzwischen auf der Autobahn, und die Nachbarn gucken schon komisch, komm endlich rein!»

Ich seufzte: «Denkst du wirklich, sie kann schon ganz alleine leben? In einer fremden Stadt?»

«Was soll denn die Frage jetzt? Du warst doch so begeistert, von wegen eigenes Leben, wie wichtig das ist und dass es zum Erwachsenwerden dazugehört. Vor allem der Schritt, sich von den Eltern zu trennen und auf sich alleine gestellt zu sein. Ich hab gleich gesagt, sie soll nicht ausziehen. Aber du musstest sie ja unterstützen.»

Ich seufzte erneut. «Na ja, theoretisch find ich das ja auch prima, aber ich hatte nicht damit gerechnet, dass sie es in die Tat umsetzt. Außerdem ist es unwirtschaftlich. Jetzt haben wir hier ein Zimmer zu viel.»

«Gib einfach zu, dass du sie vermisst.»

MIET DIR EINE

Ruf hier mal an, Gruß Mom

Se

Wohnung ausgestattet mit 3-fach. Sicherheits-Schloss, Rauch-, Gas-, u. Wassermelder, gleich neben dem Polizeirevier. Chiffre 007

Whg. an begabten Hand-werker zu vermieten. Bitte Bauhelm zur Besichtigung mitbringen. Chiffre 0815

Verm. Zimmer in Alsternä-he, bei Hochwasser sogar mit eigenem Wasserbecken im Keller, bevorzugt an Meeresbiologen und Taucher. Chiffre H2O

Die Pforte zu Ihrem Eigentum

FLIEGENDER WECHSEL
ALADIN UMZÜGE
☏ 040 / 1001 - 1001

Souterrain-Whg. mit Blick auf Maulwurfshügel zu vermieten. Für Sonnenallergiker ideal. Chiffre LSF50

Profitieren Sie vom Profi
Wohnen mit Stil

KLEIN, ABER FEIN
IHRE ... ANZEIGE
ANZE...

...tements, Maisonettes, S...
...MOBILIEN-MEY...

FORMEL 2-TAXI

Quittung

von: Hbf - Mensa - Kaufhaus Elbe -
nach: Cupcake-Cafe - Hand & Nail -
Steakhouse - Fashion Factory -
Hbf

Betrag: 147,80 (inkl.

TAXI-INNUNG
2010
HAMBURG

Jack Ripper
Unterschrift

Hi Paps,
hier die Taxi-Quittung von
meiner Wohnungssuche.
Gib's mir am besten in bar.
Love, Lys

Die mit den vielen lampen

Nach bestandenem Abitur stand ich nun vor dem Lebensabschnitt, auf den sich jeder freut: von zu Hause ausziehen, eigene Wohnung, Studium, Freiheit und ganz viel feiern.

Tatsächlich fiel auch mir die Trennung nicht so leicht, wie ich gedacht hatte. Aber bis dreißig zu Hause wohnen wollte ich auch nicht. Lieber dann gehen, wenn die Eltern darüber noch traurig sind, als wenn sie so erleichtert sind, dass sie nach deinem Auszug eine Party feiern.

«Du ziehst aus?»

Meine Eltern hatten das gleichzeitig gesagt, als ich sie nach meinem Abi von meinem Entschluss, in Hamburg zu studieren, in Kenntnis setzte – allerdings mit unterschiedlichen Emotionen. Mein Vater mit unterdrückter Erschütterung in der Stimme, meine Mutter hellauf begeistert. Mein Vater ist immer wieder von neuem schockiert, wenn er feststellen muss, dass meine Schwester und ich das Alter von zehn überschritten haben und unser Versprechen ihm gegenüber, für immer klein zu bleiben, gebrochen haben. Seinem Blick nach zu urteilen, hätte ich auch verkünden können, dass ich schwanger sei und mit dem Gärtner der Nachbarn durchbrenne, der statt die Hecken zu stutzen immer hinterm Gartenhaus liegt und sich Joints dreht. Wenn unsere Hunde manchmal zu nah an den Zaun kommen und er schon seit einiger Zeit auf der anderen Seite liegt, passiert es, dass unsere Hunde danach etwas benebelt durch die Gegend laufen. Aber das ist eine andere Geschichte.

Meine Mutter hingegen freut sich über jedes klitzekleine Ereignis in meinem Leben und findet alles immer unglaublich aufregend. Es gibt Videoaufnahmen von mir als Baby, auf denen sie mich drei Stunden beim Schlafen filmt. Beim Schlafen! Aber gut.

Sie war jedenfalls sofort Feuer und Flamme.

«Okay, also, du kriegst raus, wo das *Abendblatt* gedruckt wird, fährst dort nachts um vier hin, und wenn die Lastwagen mit der Zeitung beladen werden, quatschst du einem der Fahrer ein Exemplar ab, guckst die Anzeigen durch und rufst gleich morgens um sechs dort an. Dann kannst du sicher sein, dass du die Erste bist und gute Chancen hast, die Wohnung zu kriegen.»

«Mom, das wird, glaube ich, nicht nötig sein. Wir leben im 21. Jahrhundert. Und es gibt da eine großartige neue Erfindung, darf ich vorstellen: Internet, meine Mutter. Meine Mutter, Internet.»

Sie wirkte enttäuscht. Das schien ihr zu einfach zu sein. Meine Mutter liebt es kompliziert, und ich wusste, dass sie die ganze Sache noch interessant machen würde.

Ich hatte ja gehofft, dass räumlicher Abstand eine Möglichkeit wäre, Hortense-Ullrich-typische Situationen hinter mir zu lassen. Ich konnte nicht ahnen, dass sie mit mir umziehen würden.

Obwohl das Internet wirklich vieles vereinfachte, blieb es dennoch ein sehr schwieriges Unterfangen, eine schöne Wohnung zu finden. Vor allem in Hamburg. Das ist mir leider viel zu spät klar geworden. Ich dachte, wenn ich ein paar Wohnungen besichtige, wird schon die perfekte dabei sein. Wer hat schon Lust darauf, sich mehr als zehn Wohnungen anzusehen? Niemand. Wer aber hat das Pech und muss sich mehr als zehn Wohnungen ansehen? Alle. Inklusive mir.

Schon bei der ersten Wohnung, die ich besichtigte, wurde mir klar, dass Wohnungssuche keinen Spaß macht. Im Internet wurde die Eineinhalbzimmerwohnung als hell und gemütlich mit sehr guter Verkehrsanbindung beschrieben. Hört sich doch gut an. Also nichts wie hin. Als ich dort ankam, war ich mir hundertprozentig sicher, dass gerade der achte Band von Harry Potter verschenkt wird. Oder vielleicht Paris Hilton auf der Suche nach ihrem Talent ist und ihr möglichst viele dabei helfen müssen. Ich konnte mir die Menschenmassen vor der Haustür nicht anders erklären. Vier der wartenden Leute, die ich fragte, ob ich hier richtig sei, konnten weder Deutsch noch Englisch. Vielleicht wurden hier auch kostenlose Aufenthaltsgenehmigungen vergeben.

Ein Mädchen in meinem Alter hat sich dann erbarmt und mir erklärt, dass dies tatsächlich die Schlange für die Wohnungsbesichtigung wäre. Hätte ich das vorher gewusst, hätte ich mir Musik und ein Buch mitgenommen. Am besten die Bibel. Zeitlich gesehen wäre das Durchlesen gar kein Problem gewesen.

Eine halbe Ewigkeit später stand ich endlich in der Wohnung. Oder eher gesagt, in dem Zimmer. Wo das andere halbe Zimmer abgeblieben war, wusste ich nicht. Vielleicht waren damit die zwei mal zwei Meter zwischen Bad und Tür gemeint? Kann sein, dass man nicht mehr brauchte. Ich war ja Alleinlebe-Anfängerin, was wusste ich schon, wie viel Platz normal und notwendig war? Aber je mehr ich von der Wohnung sah, desto klarer wurde mir, dass dies nicht meine neue Traumwohnung werden würde. In das Zimmer passte höchstens ein kleines Bett, ein Tisch und vielleicht ein Stuhl. Wenn man einen Hocker nehmen würde, hätte man vielleicht auch mal zu zweit nebeneinandersitzen können. Sonst müsste mein Besuch halt vor der Tür essen. Oder auf dem Klo. Das übrigens kein Fenster und auch keine Belüftungsanlage besaß. Die «Noch-Mieterin» meinte aber, das wäre kein Problem. Sie bekam vom Vermieter kostenlose «Breeze one touch». Na dann.

Das war also mit «gemütlich» in der Anzeige gemeint: mein neues Heim, wo nur für mich und vielleicht einen kleinen Zwerghamster Platz war. Dann fragte ich, warum die Wohnung als hell beschrieben wurde. Das einzige Fenster lag unmittelbar vor der gegenüberliegenden Häuserfront. Hell war definitiv was anderes. Aber auch da konnte mich die «Noch-Mieterin» korrigieren. Alle zwei Meter gab es Steckdosen in der Wand, man konnte ganz viele Lampen anschließen. Hatte der Vermieter extra verlegen lassen. Na bitte, warum beschwerte ich mich eigentlich?

Etwas enttäuscht verließ ich die Wohnung. Neben mir diskutierten zwei Freundinnen darüber, ob sie vielleicht Glück haben und die Wohnung bekommen würden. Die eine meinte, sie hätte keine Lust mehr, bei ihrem Exfreund auf der Couch zu schlafen. Sechs Monate und zwei neue Freundinnen seinerseits würden ihr allmählich reichen. Sechs Monate?? Ich musste in genau einem Monat eine Wohnung gefunden haben, in der auch andere Möbel außer Lampen Platz finden konnten!

Ach ja, die angeblich «sehr gute Verkehrsanbindung»: Direkt vor der Haustür fuhr ein Bus. Würde ich meine Laptoptasche gegen einen Scout-Schulranzen tauschen und mir eine Spongebob-Lunchbox kaufen, dürfte ich vielleicht auch mitfahren. Wär es nur das gewesen, hätte ich damit vielleicht sogar noch leben können, aber die Abfahrtszeiten waren äußerst ungünstig, morgens um halb acht und mittags um halb eins, wie es sich für einen *Schul*bus eben gehört.

Etwas ernüchtert machte ich mich auf den Weg zur nächsten Wohnungsbesichtigung.

«Wir könnten ein paar Freunde in Hamburg anrufen und fragen, ob Allyssa bei ihnen wohnen darf», schlug ich meinem Mann vor, nachdem Allyssa von ihrer ersten Wohnungsbesichtigung berichtet hatte.

«Wieso denn das?»

«Na ja, es scheint ziemlich schwer zu sein, eine Wohnung zu finden, und … dann müsste sie nicht alleine wohnen.»

«Aber genau das will sie doch.»

«Ach, wer will schon alleine wohnen?!», schimpfte ich.

«Deine Tochter!» Als er sah, dass ich so schnell nicht aufgeben würde, fügte mein Mann hinzu: «Außerdem sind unsere Freunde gerade ihre Kinder losgeworden, weil sie ausgezogen sind ...»

«Und deshalb würden sie sich bestimmt darüber freuen, wieder ein Kind im Haus zu haben! Unser Kind», warf ich schnell ein.

Mein Mann sah mich skeptisch an.

«Ich mein ja nur», sagte ich schmollend. «Aber wenn sie keine Wohnung findet, ist das Plan B, okay?» Ich trat in Verhandlungen.

«Nein. Wir brauchen keinen Plan B. Sie wird eine Wohnung finden.»

Ich hörte gar nicht richtig zu, weil mir Plan C eingefallen war. «Man kann auch täglich mit dem Zug von Bremen nach Hamburg fahren, dauert etwa eine Stunde. Es gibt Leute, die das machen!»

«Hortense!»

«Was? Ich mach mir eben Gedanken um das Kind!»

«Find dich damit ab, dass sie auszieht», brummte mein Mann nur noch, und damit war das Gespräch für ihn beendet.

Die mit dem drogendealer und dem sexshop

«Mom, ich hab Angst.»

Ich stand in einer Gegend, die ich bisher nur aus Krimis kannte. Düster, irgendwie neblig, obwohl eben in der Innenstadt noch die Sonne geschienen hatte, und fast menschenleer, nur gelegentlich huschte jemand aus einem Eingang raus und in einen anderen rein. Okay, vielleicht übertrieb ich etwas, aber hier war es nicht besonders vertrauenerweckend!

In dieser Traumgegend sollte ich mir die nächste Wohnung ansehen. Vor dem Haus auf die Vermieter wartend, rief ich meine Mutter an. Besser jetzt nicht alleine sein.

«So was hast du noch nie gesehen! Wenn ich hier hinziehe, hab ich hundertprozentig Jack the Ripper als Nachbarn!», flüsterte ich ängstlich ins Telefon.

«Allyssa, du übertreibst wieder!», entgegnete meine Mutter. «Jetzt geh entweder rein und schau dir die Wohnung an oder ruf dir ein Taxi, fahr zurück zum Hauptbahnhof und komm wieder nach Hause.»

Ich überlegte. Jetzt, wo ich schon mal da war, konnte ich mir die Wohnung ja wenigstens noch kurz ansehen. Danach schnell mit dem Taxi weg. Ich würde meiner

Mutter allerdings die Taxirechnung präsentieren. War ja immerhin ihr Vorschlag.

«Ähm, Allyssa?»

«Ja?»

«Hör mal, wenn auf einem der Klingelschilder wirklich der Name ‹Ripper› steht, gehst du nicht rein!»

Aha, jetzt war auch sie verunsichert! Ich entspannte mich ein wenig. «Sonst noch Namen, die bei mir Alarmglocken schrillen lassen sollten?», erkundigte ich mich. «Norman Bates? Freddy Kruger? Dr. Jekyll? Michael Myers??»

«Was soll das? Hast du wirklich Angst, oder wolltest du nur mal sehen, wie nervös du deine Mutter machen kannst?»

«Nein, die Gegend gefällt mir wirklich nicht.»

«Das nächste Mal kommt Papi mit.»

«Wieso nicht du?»

«Dein Vater ist stärker als ich.»

Das machte mir jetzt Mut.

«Mom!», schimpfte ich.

«Schätzchen, jetzt mach dir keine Sorgen, sieh dir einfach die Wohnung an! Viel Spaß und grüß Jack!» Meine Mutter kicherte und legte auf.

Was für eine Unterstützung.

Im Internet war die Wohnung als «Traumwohnung, mitten im zukünftigen Szeneviertel mit netten Nachbarn» bezeichnet worden. Meine Besichtigung dauerte genau zweieinhalb Minuten. Die Traumwohnung war ein kleines Zimmer, die Dusche stand in der Küche, und mit den «netten Nachbarn» war wohl der Sexshop direkt unter der Wohnung gemeint. Oder der Mann in der

Wohnung gegenüber, der mir zuzwinkerte, als ich ging, und aus dessen Wohnung es bis auf den Flur hinaus nach Marihuana roch. Das musste der «nette Nachbar» sein, der Sexshop war nur ein tolles Extra!

Wieder auf der Straße sah ich mich nach einem Taxi um. Da fiel mir ein schickes dunkelblaues Auto auf, das ein paar Meter weiter an der Seite parkte. Aus dem Fenster lehnte sich eine Frau mit dunkler Sonnenbrille, die mit einem Jungen meines Alters, der sich eben auch die Wohnung angesehen hatte, diskutierte. Sie drückte ihm etwas in die Hand und nickte verschwörerisch. Oh Gott, zu dem Marihuana anbauenden Nachbarn kamen jetzt auch noch Drogendeals direkt vor der Tür, oder wie? Nichts wie weg von hier.

Ich hatte kaum ein paar Schritte getan, als die Sonnenbrillen-Frau mit quietschenden Reifen neben mir zum Stehen kam.

«Pssst!», machte sie.

Hilfe, was wollte die von mir? Sah ich so aus, als würde ich Drogen nehmen? Ich wusste, dass die schwarzen Boots ein Fehler gewesen waren! Was macht man denn in so einem Fall? Vielleicht beobachtete uns die Polizei? Würde ich festgenommen werden, wenn ich mit ihr sprach? Gefängnis war eines der Topdinge, auf die ich momentan verzichten konnte. Das würde meine Lebensplanung komplett durcheinanderbringen. Ich ging einfach weiter und tat so, als würde ich die Frau nicht hören. Blöderweise ließ sie aber nicht locker, fuhr im Schritttempo neben mir her und winkte und gestikulierte wild.

«Danke, kein Bedarf momentan. Mein Nachbar versorgt mich schon ausreichend», zischte ich ihr zu. Wenn ich die Wohnung nehmen würde, wäre das sogar halbwegs wahr.

«Bitte? Ich versteh dich nicht. Warte mal! Ich wollte dich eigentlich nur fragen, ob du Interesse an einer Wohnung hast! Eine, die in einer Gegend liegt, die nicht die ständige Begleitung eines Bodyguards notwendig macht.»

Eine Wohnung? Gegend ohne Bodyguards? Ich blieb stehen. Das war alles? Schade, irgendwie war die Vorstellung, von einem Drogendealer verfolgt zu werden, aufregender gewesen. Sie erzählte mir kurz etwas über die Wohnung und warum sie sie nicht ins Internet stellte. Massenaufläufe wollte sie nicht. Sie guckte sich die Leute lieber ganz genau an, und die, die ihren Vorstellungen entsprachen, quatschte sie an. Machte ja irgendwie Sinn. Sie gab mir ihre Visitenkarte, und ich versprach, gleich vorbeizukommen. Schlimmer konnte es ja nicht mehr werden.

Wurde es auch nicht. Im Gegenteil. Die Wohnung lag in einer angenehmen Gegend, da hatte sie nicht zu viel versprochen. Sie bestand aus einem schönen, hellen Zimmer mit Balkon, einer Extraküche und einem großen Bad.

«Ich wäre dir wirklich sehr dankbar, wenn du sie nehmen würdest. Ich suche schon seit einiger Zeit einen Nachmieter, finde aber nicht den richtigen. Und nächste Woche ziehe ich um!», meinte die Frau mit einem flehenden Blick.

«Oh, wo ziehen Sie denn hin?», fragte ich aus Höflichkeitsgründen.

«Eine Etage tiefer.»

«Sie bleiben im Haus? Warum ziehen Sie dann überhaupt um?» An ihrer Wohnung war nichts auszusetzen.

«Ich kann unmöglich auch nur noch einen Monat länger alleine leben. Und unter mir wohnt eine Studentin, die eine Mitbewohnerin sucht. Ihre Wohnung ist viel WG-tauglicher als diese.»

Aha.

Aber wo lag das Problem beim Alleinewohnen? Unter der Dusche singen, nackt durch die Wohnung laufen, wann immer man möchte, laut Musik hören und rund um die Uhr Besuch empfangen – ist doch alles wunderbar.

Die Frau schüttelte den Kopf. Alleine zu wohnen bedeutete für sie, nachts schweißgebadet aufzuwachen, um zu gucken, ob die Wohnungstür nach wie vor abgeschlossen war. Bei jedem Geräusch panisch zusammenzuzucken und sich im Schrank zu verstecken. Die Stromrechnung hatte schwindelerregende Höhen erreicht, weil sie auch nachts stets Radio und Fernseher laufen hatte und bei Festbeleuchtung versuchte einzuschlafen. Sie hatte keine Lust mehr, sich ständig mit den Küchengeräten zu unterhalten, weil sonst niemand da war, dem man von den im Angebot gekauften Müsliriegeln erzählen konnte.

Na, das klang ja ermutigend. Ich lächelte matt und meinte, ich müsste nochmal darüber nachdenken und würde mich bei ihr melden. Darüber nachdenken, ob ich tatsächlich von zu Hause ausziehen sollte.

Das war eigentlich die perfekte Ausgangslage für meinen Plan C: Kind zieht nicht aus, pendelt täglich.

Aber dann war ich zum Kaffeetrinken eingeladen. Die anwesenden Mütter berichteten von ihren Erfahrungen zum Thema Kinder und Ausziehen.

«Also mein Sohn wohnt noch zu Hause. Er sucht immer mal wieder nach einer eigenen Wohnung, aber es ist nie etwas dabei, was ihm gefällt. Also umsorge ich ihn weiter, und er genießt das», erzählte eine Dame.

«Ach, haben Sie's gut», seufzte ich.

Sie berichtete weiter. «Ich mach seine Wäsche, koche für ihn, räume sein Zimmer auf, mach seine Arzttermine, erledige seine Post, es hat sich eigentlich nicht viel geändert.»

Ich lachte und nickte. Dann fragte ich: «Wie alt ist ihr Sohn?»

«32.»

Mein Lächeln gefror.

«Meinen Sie, er zieht überhaupt noch aus?», fragte ich.

«Nein.» Sie schüttelte den Kopf. «Wenn die Kinder sich erst mal daran gewöhnt haben, wie bequem sie es zu Hause haben, wollen sie nicht mehr alleine wohnen.»

Als das fröhliche Kaffeetrinken vorbei und ich auf dem Weg zu meinem Auto war, rief ich sofort Allyssa an. «Du ziehst aus. Auf alle Fälle. Und wenn du nicht alleine wohnen willst, suchst du dir eine WG.»

Die mit dem killer-karnickel

Einfach zu Hause wohnen zu bleiben erschien mit einem Mal die Lösung all meiner Probleme zu sein. Allerdings war meine Mutter plötzlich nicht mehr damit einverstanden.

Ihr Vorschlag, in eine WG zu ziehen, war zugegebenermaßen nicht schlecht. Und dank zahlreicher Seiten im Internet, wo Studenten Angebote aufgeben, hatte ich sehr bald so viele Besichtigungstermine, dass ich dachte, ich wäre ein Jahr nur damit beschäftigt, Wohnungen anzugucken.

Meinen ersten Termin hatte ich bei einer sehr netten Kunststudentin, Sarah. Und ihrem Hasen. Und ihrem Hamster. Und ihrem Kanarienvogel. Als ich die aufgereihten Käfige sah, hätte ich am liebsten auf dem Absatz kehrtgemacht. Nicht nur, dass der Vogel ununterbrochen Töne von sich gab, die ganze Wohnung war erfüllt vom wunderbaren Geruch von Käfigstreu und anderen Ablagerungen auf den Käfigböden.

Ich stand etwas unschlüssig in der Wohnung rum und versuchte möglichst wenig durch die Nase zu atmen. Ich wusste nicht, was ich sagen sollte. Glücklicherweise klingelte in dem Moment mein Handy. Meine Mutter. Nein, da konnte ich nicht rangehen, das Gespräch würde zu lange dauern, das wäre Sarah gegenüber unhöflich.

«Hier, willst du Mipsy mal halten? Sie ist ein ganz lieber Hase. Du darfst nur nicht ihre Ohren anfassen, dann beißt sie. Oder ihren Schwanz. Na ja, und lass mal lieber ihre Nase in Ruhe, und direkt auf dem Rücken findet sie es auch unangenehm.» Sarah hielt mir das offensichtlich unantastbare Karnickel vor die Nase. Ich nahm rasch den Anruf meiner Mutter an.

«Hey, Mom! Was ist los?» Ich zuckte entschuldigend die Schultern und beobachtete Sarah, wie sie Mipsy wieder in den Käfig setzte. Erleichtert atmete ich auf.

«Ich wollte mal hören, wie deine erste WG-Besichtigung lief.» Meine Mutter versuchte, ganz locker zu klingen, aber ich wusste, dass sie nur darauf brannte, meinen ersten Termin detailgetreu geschildert zu bekommen.

«Oh, ich bin noch da, und die Wohnung ist echt schön!»

Sarah lächelte mich an.

«Na wunderbar!», rief meine Mutter begeistert.

«Und sie hat drei total süße Haustierchen hier!», fügte ich hinzu.

Stille am anderen Ende.

Sarah lächelte noch mehr. Sie beugte sich zu mir vor. «Solltest du das Zimmer haben wollen, kannst du dich gerne immer um die drei kümmern, wenn ich nicht da bin. Das hat meine letzte Mitbewohnerin auch gemacht!»

Ich versuchte, etwas zu sagen, brachte aber keinen Ton heraus. Meine Mutter hatte den letzten Satz gehört. Ihr verschlug es nicht die Sprache, ganz im Gegenteil.

«Tu das bloß nicht! Du kannst ja nicht mal eine Zimmerpflanze am Leben halten! Das gibt nur Tränen! Wie kommst du bloß darauf, dir Wohnungen anzusehen, in denen es von Tieren nur so wimmelt! Verlass sofort die Wohnung. Und ich komme nächstes Mal mit!»

Toll! Gemeinsame Wohnungsbesichtigungen mit meiner Mutter. Für WGs. Sehr erfolgversprechend. Na ja, bestimmt hatte meine Mutter das nur als Scherz gemeint. Ich bedankte mich bei Mipsys Frauchen und verließ fluchtartig die Wohnung.

Die nächste Zimmerbesichtigung war gleich im Anschluss. Das war gut, keine Chance für meine Mutter, in Hamburg aufzutauchen. Es war ein Altbau, was selten ist, das Zimmer war groß und schön, sogar mit Balkon. Auch die Miete war in Ordnung. Das Problem hier war der Geruch. Richtiger Mief genau genommen. Wo kam der bloß her? Als ich die Quelle ausgemacht hatte, schluckte ich: Es war Max, der dazugehörende Mitbewohner. Zuerst dachte ich, vielleicht kann er nichts für seinen Körpergeruch, weil in der Wohnung keine Dusche ist. Doch die gab es. Groß und sauber, blitzeblank, nichts war an ihr auszusetzen. Der Bewohner schien sie nie zu benutzen. Wahrscheinlich wollte er sie schonen. Genau wie seinen Besen, seine Reinigungsmittel und seinen Putzlappen. Denn auf den zweiten Blick war die gesamte Wohnung von einer malerischen Staubschicht überzogen. Vielleicht gehörte er einer Sekte an, die Körperhygiene verbietet und Staub anbetet. An einer Mitgliedschaft hatte ich kein Interesse. Schade um die Wohnung, die war echt schön gewesen.

Wieder zurück in Bremen, nahm meine Mutter weiterhin sehr engagiert an meiner Wohnungssuche teil. Zum Glück nur mit guten Ratschlägen, darauf konnte ich sie runterhandeln.

«Nimm auf keinen Fall eine Parterre- oder Souterrainwohnung. Es sei denn, du suchst verzweifelt neue Freunde und möchtest mit Passanten, die neugierig durchs Fenster schauen, Kontakt aufnehmen.»

Hm, ganz interessante Idee. Vielleicht lernte man ja auf diese Weise ein paar nette Leute kennen? Andererseits, will ich mit Leuten befreundet sein, die ohne Scham neugierig in fremde Wohnungen reingucken? Wohl eher nicht.

Okay, also keine Parterrewohnung.

«Und achte darauf, dass das Bad eine Badewanne hat, damit du auch mal ein Entspannungsbad nehmen kannst.»

Dieser Rat war ein Fehler. Ihr Fehler. Ich erinnerte mich nur zu gut an ihre »Entspannungsbäder». Das Wort Entspannung ist da eher zufällig mit drin, ihre Bäder haben nämlich nichts mit Entspannung zu tun. Die Lücke zwischen angestrebtem und erreichtem Zustand ist bei ihr so groß, dass man schon von unüberwindbarer Kluft sprechen musste.

Ich grinste: «Deine Entspannungs- und Schönheitsbäder kenne ich. Sie enden mit einem Arztbesuch.»

«Das lag nicht am Entspannungsbad, sondern an den echten Rosenblütenblättern im Badesalz!», sagte sie und blickte mich streng an.

Ich grinste weiter.

«Als ich in die Wanne stieg, war ich durchaus entspannt», verteidigte sich meine Mutter. «Ein wunderbarer Rosenduft wehte durch den Raum, Blütenblätter schwebten im Wasser, Luxus pur! Ich schloss die Augen und fühlte mich großartig.»

«Ja, und die Entspannung hielt genau eine halbe Minute», spottete ich. «Dann schoss dir ein sehr hausfraulicher Gedanke durch den Kopf, nämlich: ‹Wie krieg ich die Blütenblätter eigentlich wieder aus der Wanne raus?›»

«Das war wirklich ein Problem!», empörte sich meine Mutter. «Wasser einfach ablaufen lassen geht nicht, das verstopft den Abfluss. Gibt es spezielle Geräte zum Rausfischen von Rosenblütenblättern aus Badewannen? Also, falls ja, dann definitiv nicht in meinem Haushalt. Sollte ich ein Küchensieb zweckentfremden? Nein, das wäre das Ende meines Küchensiebes.»

«Und deshalb hast du nach fünf Minuten dein Entspannungsbad wieder aufgegeben, bist aus der Wanne gestiegen und hast eine halbe Stunde lang über die Badewanne gebeugt jedes Rosenblütenblatt einzeln von Hand aus dem Wasser gefischt.»

Sie zuckte die Schultern. «Was hätte ich denn sonst tun sollen?»

«Du hast dir einen Hexenschuss zugezogen. Beim Entspannungsbad.»

«So was kann passieren. Und es war nicht das Entspannungsbad, es ist beim Rausfischen der Rosenblütenblätter passiert!»

«Aus dem Entspannungsbad! Mom! Selbst der Arzt hat gelacht. Also rate mir nicht zu Entspannungsbädern.»

«Nimm halt kein Rosenblütenblätterbad mit echten Rosenblüten.»

Sie musste immer das letzte Wort haben.

Die *mit dem*
verdächtigen Postboten

Diese WG-Sucherei wurde auf Dauer sehr anstrengend. Ich musste alle zwei Tage nach Hamburg fahren und wurde immer wieder aufs Neue enttäuscht. Entweder gefiel mir die Wohnung oder der Mitbewohner nicht. Und bei den meisten Männer-WGs, in denen ich mich vorstellte, wurde ich das Gefühl nicht los, dass ich mit Unterschrift des Mietvertrages auch einen Job als Haushälterin und Putzfrau annehmen würde. Oder Schlimmeres.

Jedenfalls hatte ich keine Lust mehr und entschied mich für einen anderen Weg. Ich würde mir eine Zweibis Dreizimmerwohnung und den dazu passenden Mitbewohner suchen. So musste ich am wenigsten Kompromisse machen.

Von den heruntergekommenen Wohnungen, die mir als gemütlich, schön und vor allem sauber verkauft werden sollten, hatte ich die Nase voll.

Nach kritischer Durchsicht aller Angebote entschied ich mich, eine Wohnung im Stadtteil Uhlenhorst anzusehen. Die Umgebung gefiel mir. Auch mit der Wohnung schien auf den ersten Blick alles in Ordnung zu sein. Keine Graffiti an der Wand, die Zimmer waren so groß, dass ich mindestens zwei Schritte in ihnen gehen konnte, und Mausefallen waren auch nicht zu sehen. Aber vom ersten Eindruck ließ ich mich nicht täuschen, mir konnte man so leicht nichts mehr vormachen. Ich war skeptisch geworden nach all den Erfahrungen. Bestimmt gab es auch hier einen gravierenden Haken. Misstrauisch spazierte ich durch die Zimmer und musste mir nach und nach eingestehen, dass ich beeindruckt war: große und helle Räume mit schönem Parkettfußboden. Doch da! Ein großer, nasser Fleck war auf dem Boden im Flur zu erkennen! Es gab in der Wohnung einen Wasserschaden. Bestimmt würden sich Schimmelpilze entwickeln, die man nie wieder loswurde.

«Das waren Sie», meinte die Maklerin nur trocken, als ich sie darauf aufmerksam machte.

«Na, aber entschuldigen Sie mal, wie hätte ich denn in diesen fünf Minuten einen Wasserschaden produzieren sollen?», rief ich empört. Jetzt wollte sie mir auch noch die Schuld dafür in die Schuhe schieben!

«Das ist kein Wasserschaden. Sie tropfen.»

Oh. Na ja, bei genauerem Hinsehen …

Ein Wasserschaden zeichnet sich ja meistens an der Wand ab und nicht auf dem Fußboden. Draußen regnete es in Strömen, und ich hatte gegen den Rat meiner Mutter den Regenschirm heute Morgen zu Hause gelassen. Okay, kein Wasserschaden.

Aber ich war noch nicht durch mit der Wohnungsbesichtigung.

Ich schlenderte weiter. Das Zimmer mit Balkon war echt schön.

Doch plötzlich hörte ich Musik. Das war ja irre laut!

Die Wände hier mussten so dünn wie Nicole Richie sein! Wie sollte man hier in Ruhe lernen?

«Das ist ja grauenhaft! Ich kann die Musik der Nachbarn mithören! Und wer weiß, was sonst noch alles. Wie soll ich denn bei der Hellhörigkeit meine Klausurenphase überstehen?»

«Hm, ich glaube, das ist Ihr Handy. Die Musik kommt aus Ihrer Tasche.»

Oooh! Ich hatte den Klingelton meines Handys am Abend zuvor geändert und mich noch nicht an den neuen gewöhnt. Schnell stellte ich mein Handy auf lautlos. Na ja, kann ja jedem mal passieren.

Ich war verwirrt. Konnte es wirklich sein, dass ich eine Wohnung gefunden hatte, an der nichts auszusetzen war? Ich ging auf den Balkon hinaus und genoss die Aussicht. Ich konnte sogar ein Mini-Fitzelchen von der Alster sehen. Oder es war eine ziemlich große Pfütze hinter ein paar Bäumen. Egal, die Wohnung war ein Traum.

Stopp! Da war doch was! Ich starrte auf zwei Passanten direkt unter mir. Sie unterhielten sich im Flüsterton, und der eine übergab dem anderen etwas, das ich nicht genau erkennen konnte. Bestimmt Drogen!

Ich war mir hundertprozentig sicher: ein Drogendealer und sein Junkie! Direkt vor meiner Haustür. So eine Gegend war das hier also.

Ich rief die Maklerin zu mir und zeigte auf die beiden Männer unten auf dem Gehweg.

«Das ist Bob», meinte sie nur.

«Sie kennen ihn? Sie wissen, was er beruflich macht, und zeigen mir trotzdem eine Wohnung, die mitten in einem solchen Milieu liegt?» Ich war sprachlos.

«Bob ist der Postbote. Sieht so aus, als würde er gerade Herrn Bernsen seine Post geben. Hm, ich wusste nicht, dass Sie Gegenden, wo Postboten die Post ausliefern, nicht mögen. Ich kann Ihnen da leider auch zu keiner anderen Gegend raten. Soweit ich weiß, sind Postboten überall zu finden.»

Sie drehte sich um und ging wieder rein.

Ups!

Ich hatte es eindeutig zu weit getrieben. Ich stand in der perfekten Wohnung. Ich musste zuschlagen. Sofort. Aber würde mir die Maklerin die Wohnung überhaupt noch geben, nach diesem Auftritt?

Ich folgte ihr, setzte alles auf eine Karte und sagte in möglichst ruhigem, freundlichem Ton: «Das mit dem Postboten nehm ich in Kauf. Sie können den Mietvertrag direkt an meinen Vater schicken.»

Die Dame sah mich etwas perplex an, ich lächelte, schüttelte ihr die Hand und ging.

Das war komplett danebengegangen. Echt blöd.

Zu meiner großen Verblüffung trudelte aber ein paar Tage später der Mietvertrag bei meinem Vater ein.

Makler sind wohl einiges gewohnt.

«Hach!», rief ich, als ich den Mietvertrag in unserem Briefkasten fand. Ich reichte ihn vorwurfsvoll meinem Mann. «Das hast du jetzt davon: Allyssa zieht aus!»

«Hortense, das ist keine Überraschung. Außerdem ist es nicht meine Schuld. Du hast doch selbst so engagiert an der Suche teilgenommen und sie ermutigt.»

«Ja, aber da dachte ich noch, sie findet nichts. Weißt du, wie schwer es ist, in Hamburg eine schöne Wohnung in einer guten Gegend zu vernünftigem Mietpreis zu finden?!»

Mein Mann antwortete nicht, wozu auch, war ja 'ne rhetorische Frage.

Ich schüttelte den Kopf. «Und sie findet sie natürlich. Das Kind hat wirklich immer Glück», schimpfte ich.

Die *mit den zu verschiedenen Lilatönen*

Der Mietvertrag für Allyssas Wohnung war das Startzeichen für meinen Einsatz: renovieren! Ich ging zum Baumarkt und suchte Farbpaletten aus, schleppte Muster nach Hause, schrieb Listen, welche Handwerkerutensilien benötigt wurden, kurz: Ich bereitete alles vor und präsentierte es Allyssa.

«Du ziehst um?», fragte sie mit hochgezogener Augenbraue.

Ich wusste, was sie damit zum Ausdruck bringen wollte, sagte aber dennoch ganz mutig: «Nein, du.»

«Genau: Ich ziehe um. Also …?» Sie sah mich an, wie ich es früher bei ihr immer gemacht habe, wenn ich eine einsichtige Antwort erwartet habe.

Ich seufzte. «Ich dachte ja bloß …» Dann machte ich ein Schmollgesicht.

Es wirkte. Ein wenig zumindest.

Sie sagte friedlich: «Mom. Das ist wirklich sehr lieb von dir, aber wir hatten doch ausgemacht, dass du dich nicht einmischst. Ich sag Bescheid, wenn ich Hilfe brauche.»

«Aber du bittest mich ja nie um Hilfe», schmollte ich weiter, weil es beim ersten Mal auch gewirkt hatte.

«Mom, ich brauch ganz sicher bei irgendetwas mal Hilfe. Und dann bist du die Erste, die ich bitte.»

Ich glaubte ihr kein Wort. Und so schnell gab ich auch nicht auf.

«Können wir wenigstens über Wandfarben reden?» Ich hielt lockend die Farbpalette in die Höhe.

«Nicht nötig. Ich hab mich für Weiß entschieden.»

«Weiß? Wer streicht denn seine Wohnung weiß? Weiß ist doch gar keine Farbe!»

«Genau das ist die Idee.»

«Aber ein wenig Farbe würde doch nicht schaden …»

«Eine Wand in meinem Zimmer streiche ich lila.»

Ich strahlte und blätterte die Seite mit 24 verschiedenen Lilatönen auf.

«Da müssen wir uns ganz genau überlegen, welche Nuance die richtige ist.»

«Hab ich schon: Flieder.»

Ich war nicht sehr happy und kämpfte weiter: «Ich könnte die Farbe besorgen.»

«Paps hat das schon gemacht.»

Ich stürmte empört zu meinem Mann.

«Du hast für Allyssa Wandfarbe besorgt?!»

«Ähm, ja.» Er schien irritiert über die Empörung in meiner Frage.

Allyssa war mir gefolgt. Sie wollte sich wohl schützend vor ihren Vater werfen, falls es nötig sein sollte.

Um die ganze Sache abzukürzen, legte Allyssa beide Hände auf meine Schultern, sah mich an und begann, mit sanfter Stimme auf mich einzureden: «Mom, du musst jetzt sehr tapfer sein.»

Ich riss in banger Erwartung die Augen auf.

Und dann kam es: «Paps hilft mir.»

Ich schluckte.

«Wieso darf er und ich nicht?»

«Weil er mir wirklich nur beim Streichen hilft und nicht versucht, eine Studentenwohnung in den Westflügel von Versailles umzuwandeln.»

Ich schwieg ertappt. Woher weiß das Kind so etwas?!

«Kann ich wenigstens zugucken?»

«Nein.»

«Den Balkon ausmessen?»

«Nein.»

«Kaffee und Donuts holen?»

Kurzes Zögern, dann wieder: «Nein.»

«Irgendwas?»

Sie nahm mich in den Arm, drückte mich und sagte: «Besuch mich, wenn die Wohnung fertig ist.»

Ich strahlte. «Danke!» Dann sah ich die beiden auffordernd an. «Jetzt aber mal los, so eine Wohnung renoviert sich nicht von alleine.»

Es war zwar echt super, meinen Vater als Hilfe dabeizuhaben, vor allem weil der Umzug so innerhalb eines Tages stattfand und nicht, wie es bei der Mithilfe meiner Mutter der Fall gewesen wäre, drei Wochen dauern würde. Mein Vater ist ein unglaublich hilfsbereiter Mann. Aber (und diesen Part hatte ich leider kurzzeitig vergessen) kein Handwerker. Wände streichen kann er prima, aber ich hätte ihn nicht bitten sollen, mir im Bad einen Spiegelschrank und einen Duschvorhang anzubringen.

Wenn bei uns zu Hause mal eine Glühbirne ausgewechselt werden muss, lässt er den Elektriker kommen, und wenn es darum geht, irgendetwas zu montieren, entdeckt er bisher völlig unbekannte Möglichkeiten, Dinge falsch zu machen. Ein von ihm nach Anleitung zusammengebautes Regal sieht nach Fertigstellung aus wie eine kleine Hundehütte. Meine Mutter erklärt es dann für «moderne Kunst» und stellt es liebevoll zu den anderen handwerklichen Amokläufen meines Vaters auf den Dachboden.

Nachdem er versucht hatte, Löcher für Dübel in meine Badezimmerwand zu bohren, mussten wir erst mal zum Baumarkt fahren und Moltofill kaufen, um die faustgroßen Löcher wieder zuzuspachteln. Anschließend haben wir erneut gestrichen, und ich habe ihm versichert, dass der Spiegelschrank nicht im Bad hängen muss und auch Duschvorhänge eine überflüssige Erfindung sind. Es kostete mich einige Anstrengung, ihn davon zu überzeugen, dass es absolut okay ist, wenn der Spiegelschrank auf dem Boden neben dem Waschbecken steht, weil ich mich eh viel lieber flach auf dem Boden liegend schminke. Er brummte irgendwas von wegen, diese Wände seien wirklich das Letzte, ließ mir dann aber, als er ging, etwas Geld für einen Handwerker da. Gott sei Dank!

Meine Wohnung, endlich. Und auch noch in Alsternähe! (Viel wichtiger: in McDonald's-Nähe, aber das hört meine Mutter nicht gerne. Aus irgendeinem Grund sieht sie in der Nähe zum Wasser einen viel größeren Nutzen.

Wenn sie wüsste, dass ich noch schlechter schwimmen kann als kochen!)

Und die Wohnung war echt der Wahnsinn. Drei Zimmer, groß, hell. Perfekt für ein Schlafzimmer und zwei ganz tolle Ankleideräume. Wollte ich immer schon mal haben. Aber mein Vater meinte, solang meine Kleider keine Miete zahlen, kommt das nicht in Frage. Dann also doch eine WG.

Ich war trotzdem happy. Und in meinem Kopf hatte ich schon alles eingerichtet.

Die mit den ikea-möbeln

Als dann die ersten Möbel kamen, gab's leider doch noch ein paar klitzekleine Platzprobleme. Wer hätte gedacht, dass ein zwei mal zwei Meter großes Bett für ein kleines Studentenzimmer zu groß sein kann? Um keinen falschen Eindruck zu erwecken: Es hat schon reingepasst, aber sonst leider nichts mehr. Gut, was soll's, dachte ich mir, dann würde mein Zimmer halt nur aus einem riesigen Bett bestehen. Ist doch auch super, man kommt rein und kann sich sofort hinlegen. Ich halte mich eh meistens in meinem Bett auf. Essen, fernsehen, lesen, lernen. Wozu am Schreibtisch sitzen? Also, ich sah da gar kein Problem.

Leider hatte ich die restlichen Möbel aber bereits bestellt. Bei IKEA. Ich war bis zu diesem Zeitpunkt noch nie bei IKEA gewesen, ich hatte immer nur mitbekommen, dass alle davon schwärmen. Deshalb wollte ich unbedingt mal hin. Okay, mehr als die Möbel hatten mich die berüchtigten Hot Dogs gereizt. Aber um an die Hot Dogs zu kommen, muss man erst mal durch das ganze Geschäft laufen. Schlau gemacht von denen. Als ich zwischen den Sofas, Schränken und Einbauküchen in Richtung Hot Dogs lief, fiel mir auf, dass es dort echt coole Sachen gab. Innerhalb einer halben Stunde hatte ich alles zusammen und gab die Liste mit meinen Wunschmöbeln ab. Als ich auch noch erfuhr, dass mir ein Lieferservice alles bringen würde, war ich kurz davor, ihnen meine ewige Liebe zu erklären. Auf dem Heimweg fiel mir auf, dass ich vor Begeisterung leider vergessen hatte, mir ein Hot Dog zu kaufen. Ob die auch Hot Dogs liefern?

Als die IKEA-Lieferanten schließlich kamen, war ich etwas verwirrt. Ein Holzbrett nach dem anderen wurde an mir vorbeigetragen, von meinen ausgewählten Möbeln keine Spur. Nach zehn Minuten Brettertragen wollten sich die Lieferanten verabschieden. Da konnte ja wohl etwas nicht stimmen. Statt eines Schrankes lagen jede Menge Kartonagen in meinem Bett-Zimmer! Als ich die Brettchenschlepper darauf hinwies, dass ich das nicht gekauft hatte, fingen die nur an zu lachen. Nach etwas handwerklicher Tätigkeit würden das meine Möbel sein, meinten sie. Nach handwerklicher Tätigkeit? Als Tochter meines Vaters konnte ich kaum den Unterschied zwischen einem Nagel und einer Schraube erklären. Noch weniger wusste ich, wie man sie in die Wand bekam. Ich hatte in meinem Leben noch nie erfolgreich einen Hammer in der Hand gehabt, geschweige denn irgendein anderes Werkzeug. Meine *Bravo*-Poster habe ich früher mit Hilfe einer Sektflasche an die Wand bekommen (sie war leer, keine Sorge). Okay, neue Stadt, neues Glück. Ich sollte es wenigstens mal probieren. Vielleicht war ich begabter als mein Vater?

Um es kurz zu machen: nein, war ich nicht. Fünf Minuten später saß der Hausmeister neben mir und reichte mir ein Pflaster. Tja, wer hätte gedacht, dass ein Hammer um einiges schlagkräftiger ist als eine Sektflasche? Aber ich hatte nun wenigstens Hilfe bei der Aufbauerei. Da ich dank meines Geschicks nicht wirklich etwas dazu beisteuern konnte (der Hausmeister hatte es mir ausdrücklich verboten), sorgte ich dafür, dass der Herr über Bohrer und Hammer bei Laune blieb. Ich erzählte und erzählte, sang ein wenig (da hat er mich allerdings rasch gebeten, wieder aufzuhören) und sorgte für ständigen Nachschub an Cheeseburgern. Das Personal bei McDonald's musste mich für verrückt gehalten haben. Nach meinem zwanzigsten Besuch dort fragte mich einer der Verkäufer, ob er ein Foto mit mir machen könnte. Er hätte noch keine Frau gesehen, die es schaffte, zwanzig der Dinger innerhalb einer Stunde zu essen. Ich wollte ihm die Illusion nicht nehmen und unterschrieb danach sogar noch auf einer Pommes-Packung für ihn. Was immer die Leute glücklich macht.

Nach dem dreiundzwanzigsten Cheeseburger war der Hausmeister fertig. Möbelaufbauen war offensichtlich harte Arbeit, in jeglicher Hinsicht.

Als ich wieder alleine war, blickte ich zufrieden auf das Ergebnis. Mein Bett-Zimmer! Und mein wunderbarer Schrank und mein Schreibtisch hatten es auf dem Balkon auch sehr schön. Ein Traum!

Die mit den tollen abo-prämien

Das klingt jetzt so, als hätten wir das Kind mit dem Möbelproblem ganz alleine gelassen. Na gut, es stimmt, das haben wir auch. Aber es gibt einen Grund dafür: Sie wollte NEUE Möbel. Und das wäre absolut nicht nötig gewesen, denn unser Haus hier in Bremen ist übermöbliert. Ich könnte drei komplette Haushalte mit allem Drum und Dran ausstatten. (Wie es dazu kam, ist eine andere Geschichte.) Und in den Monaten vor Allyssas Auszug hatte ich gedanklich bereits ihre Studentenwohnung eingerichtet. Mit Möbeln, die wir «übrig» hatten. Ich hatte es nebenbei gesagt nicht nur gedanklich getan, sondern auch physisch: Ich hatte kleine Zettelchen an Möbel, Lampen und Geschirr geklebt, auf denen ihr Name stand. Sah etwas merkwürdig aus, aber da ich in der Zeit, in der ihr Umzug stattfand, nicht vor Ort war, wollte ich mit einem idiotensicheren System arbeiten, damit sie die richtigen Sachen mitnimmt. Ich hatte auch meinem Mann eingeschärft, dass es nicht nötig ist, irgendetwas Neues zu kaufen, denn wir haben ALLES! Bereits im Vorfeld handelte ich mir einige «Moms» ein, was ich dahingehend interpretierte, dass unsere Möbel nicht ihrem Geschmack entsprachen. Ich zuckte die

Schultern und meinte: «Dafür kostet es nichts. Ich zahle nicht für neue Möbel, wenn wir hier welche rumstehen haben, die absolut in Ordnung sind.»

Umso erstaunter war ich dann, als ich von den Schwierigkeiten hörte, die sie beim Aufbau der IKEA-Möbel hatte. Hätte sie ein wenig mehr am Familienleben teilgenommen, hätte sie im Laufe der Jahre lernen können, dass keiner aus unserer Familie in der Lage ist, ein IKEA-Möbelstück aufzubauen. Aber als Kind interessiert man sich wohl nicht dafür, wie Möbel ins Haus kommen, vielleicht dachte sie, die wachsen von selbst in ihrem Zimmer, was weiß ich. Sie war auch das einzige Kind, das nie mit zu IKEA wollte, obwohl ich stets mit Hot Dogs gelockt habe. Na ja. Ich selbst kann übrigens nur in der Fundgrube bei IKEA einkaufen, weil da alles schon montiert ist. Allerdings steh ich, nachdem ich durch die Kasse bin, wieder vor dem Problem, wie ich die Sachen nach Hause transportiere (aber auch das ist eine andere Geschichte).

Was ich eigentlich sagen wollte: Dieses Kind zeigte nie Interesse an Möbeln, und plötzlich, bei der eigenen Wohnung, müssen es schicke und neue Möbel sein. Das ist dann doch echt nicht meine Baustelle, oder? Mein Versuch, es über die finanzielle Schiene zu regeln, klappte übrigens auch nicht. Ich sagte: «Von uns bekommst du kein Möbel-Budget.» Aber das beeindruckte sie nicht weiter, sie jobbte und verdiente sich ihr Möbel-Geld selbst.

Es ist nicht so, dass ich mich geweigert hatte, Sachen von zu Hause mitzunehmen, aber es gab nur zwei Dinge, bei denen es mir egal war, wie sie aussahen, und danach hatte ich auch gefragt. Nämlich ein Bügelbrett und eine Kaffeemaschine.

Ganz glücklich rief meine Mutter: «Ja, kein Problem, hab ich alles doppelt», und dann hat sie die Kaffeemaschine nicht gefunden. Sie erinnerte sich vage, dass sie die mal verliehen hatte, wusste aber nicht mehr, an wen. Sie begann, Freunde und Bekannte unangemeldet zu besuchen und misstrauisch deren Küchen zu inspizieren. Nach einer Woche gab sie auf und erklärte kleinlaut: «Tut mir leid. Keine Kaffeemaschine.»

Mein Blick fiel auf unsere Kaffeemaschine in der Küche, aber bevor ich den Wunsch auch nur äußern konnte, hatte sich meine Mutter schon schützend davorgestellt und gefleht: «Du weißt, ich brauch meinen Kaffee mehr als alles andere, und bei dieser Maschine muss ich nur auf einen Knopf drücken, und die Maschine weiß, was sie zu tun hat. Bis ich eine neue Maschine an mich gewöhnt habe, dauert das.»

«Ich würde die Mühe auf mich nehmen, eine neue Maschine einzuarbeiten», bot ich an.

Sie schluckte tapfer und murmelte: «Ich besorg dir eine. Gib mir Zeit.»

Und tatsächlich bot sie mir eine funkelnagelneue Kaffeemaschine. Etwa ein halbes Jahr später. Ich musste so lange darauf warten, weil wir nur dann neue elektrische Geräte bekommen, wenn mal wieder ein Zeitschriftenabo abgelaufen ist und wir einen neuen Vertrag unterschreiben. Die Zeitschriften interessieren uns weniger, aber meine Eltern lieben die Abo-Prämien. Sie haben dann immer das Gefühl, ein echtes Schnäppchen gemacht zu haben. So kamen wir auch zu unseren Fitnessgeräten. Wir haben vier unbenutzte Fitnessgeräte, die inzwischen auf dem Dachboden stehen. Meine Mutter hielt sich eine Zeit lang damit fit, diese Geräte durch unser Haus zu schleppen und sie mal in dieses, mal in jenes Zimmer zu stellen, weil sie dachte, wenn man sowieso an ihnen vorbeikommt, werden sie auch benutzt. Falsch gedacht. Jetzt haben sie ein Zuhause auf dem Dachboden gefunden, neben anderen Abo-Prämien. Besteckkästen, Werkzeugkästen, Hochdruckreiniger, Kochtopf-Familien und, und, und. Meine Mutter malt sich immer aus, dass die Prämien miteinander plaudern, so nach dem Motto: «Wo kommst du her? Mit welcher Zeitschrift kamst du ins Haus?»

Nun ja. So viel zu meiner Kaffeemaschine.

Das Bügelbrett, das ich mitnehmen sollte, hatte so was wie ein Gipsbein, sprich drei Beine und eins war repariert, mit Paketklebeband, und es war etwas kürzer. Meine Mutter konnte sich nicht erinnern, wie es zu dieser Verletzung gekommen war, schade eigentlich, es wäre bestimmt eine ganz unterhaltsame Geschichte gewesen.

«Das kann ich doch nicht benutzen», erklärte ich ihr.

«Aber natürlich kannst du das. Du musst das kürzere Bein auf die gleiche Höhe mit den anderen Beinen bringen, indem du ein Buch unterlegst, dann stabilisierst du es. Schieb es einfach fest gegen die Wand, und schon kannst du bügeln. Ich geb dir auch noch eine Rolle Paketband mit, wenn du mal nachbandagieren musst.»

Ich sah sie groß an. Hab ich schon erwähnt, dass meine Mutter nie, aber auch wirklich niemals etwas wegwerfen kann? Selbst einen pinkfarbenen Pulli, der drei

Löcher und einen Ketchupfleck hat und in der Waschmaschine circa fünfmal eingelaufen ist, funktioniert sie noch als Kissenbezug um.

«Ich gebe dir auch das passende Buch mit», sagte meine Mutter. Sie grinste und meinte: «Keine Sorge, nicht so was wie ‹Bügeln für Anfänger›. Mit ‹passend› meine ich in der passenden Dicke. Das probier ich vorher aus.»

Ich winkte ab: «Ich hab's mir anders überlegt. Vergiss das Bügelbrett. Gebügelte Kleidung wird völlig überbewertet.»

Die mit dem lockigen dj

Der Anfang war geschafft. Wohnung und Möbel waren da, und ich war eingezogen Jetzt musste nur noch ein Mitbewohner her. Oder eine Mitbewohnerin. Je nachdem, wessen Hobby Putzen und Kochen war.

Nachdem ich eine Anzeige im Internet aufgegeben hatte, waren innerhalb von vier Stunden über hundert Antworten eingetroffen. Okay, jetzt wusste ich, wie die kilometerlangen Schlangen bei zu vermietenden Wohnungen zustande gekommen waren. Ich fing an, mir die Antworten durchzulesen, gab allerdings nach der zwanzigsten auf. Ich würde mein erstes Semester versäumen, wenn ich alle Mails durchlesen und beantworten würde. Ich brauchte Auswahlkriterien. Ich fing an, nach Namen zu sortieren. Otto weg, Ute weg, Rosalinde weg. Wer unter 60 heißt denn heutzutage noch Rosalinde? So hab ich die Anzahl an Mails auf dreißig reduziert. Den Leuten mit ansprechenden Namen schrieb ich zurück und verteilte sie auf drei verschiedene Besuchszeiten. Von der Hälfte bekam ich Zusagen, so war es dann letztendlich doch eine überschaubare Menge geworden.

In meiner Suchanzeige hatte ich explizit erklärt, dass ich einen Mitbewohner wollte, der zwischen achtzehn und fünfundzwanzig Jahre alt war und keine Haustiere hatte. Und wie hoch die Miete ist, hatte ich ebenfalls erwähnt. Eigentlich sehr simpel.

Der Erste, der vor meiner Tür stand, war ein arbeitsloser DJ in den Dreißigern. Als ich ihn darauf aufmerksam machte, dass er nicht Mitte zwanzig war, meinte er: «Nicht äußerlich, aber im Herzen schon.» Okaaay, netter Versuch, machte ihn aber als Mitbewohner für mich nicht unbedingt attraktiver. Aber wie sollte ich ihm das sagen? An den Part des Absagens hatte ich vorher gar nicht gedacht. Ich hatte keine Ahnung, wie ich es angehen sollte. Während er seinen Tee schlürfte und irgendeinen Song summte, den ich nicht wiedererkannte (vielleicht war er sogar Mitte vierzig), entschuldigte ich mich und lief ins Bad, um ungestört meine Mutter anrufen zu können. Jetzt brauchte ich ihre Hilfe. Sie wusste bestimmt einen Rat.

«Mom? Ich bin's! Ich brauch kurz deine Hilf...» Weiter kam ich nicht.

«Ach Schätzchen, gut, dass du anrufst! Ich hab gerade eine Kiste mit alten Kinderzeichnungen von dir gefunden, weißt du, dass du richtig begabt warst?»

«Warst?»

«Ja, warst. Irgendwie hat sich das im Laufe der Zeit verloren. So etwa ab neun ist es altersgemäßes Gekrakel, aber vorher – ich sag dir, das ist echte Kunst.»

«Okay, ja, also, was ich eigentlich fragen woll...»

«Also, versteh mich nicht falsch, ich will dich nicht kränken, aber man muss das realistisch sehen. Dasselbe gilt übrigens für die Geschichten, die du geschrieben hast. Ich hab hier Drehbücher gefunden, die du mit zwölf verfasst hast, kannst du dich daran erinnern? Es waren immer Horrorstorys, die du dir ausgedacht hast. Ich wusste nie so genau, wie das zu interpretieren war. Eins der Drehbücher habt ihr ja sogar verfilmt, weißt du noch? Ihr habt das mit einer alten Videokamera aufgenommen. Wo ist eigentlich dieser Film? Bin sehr froh, dass du diese Grusel-Horror-Geschichten aufgegeben hast. Ehrlich gesagt, hatte ich mir damals wirklich Gedanken gemacht, wieso dich solche Themen angesprochen haben. Während alle deine Freundinnen nette Mädchenbücher gelesen haben, hast du jedes Horrorbuch verschlungen. Wieso eigentlich? Und ich hab alte Vampir-Videos gefunden. Meine Güte, Kind, hattest du denn nie Albträume? Mich hat's ja schon gegruselt, nur die Cover zu sehen. Aber jedenfalls, was ich fragen wollte …»

Die Stimme meiner Mutter lullte mich ein, ich glaube, ich hab ein kleines Nickerchen gemacht, während sie weitersprach. War nicht weiter schlimm, sie hat es nicht bemerkt, denn auch ihre Fragen beantwortet sie meist selbst.

Als ich eine halbe Stunde später aus dem Badezimmer kam, stand der arbeitslose DJ mit gerunzelter Stirn vor mir.

«Also, meine Liebe, ich glaub, mit uns beiden wird das nicht klappen. Wenn du so lang im Bad brauchst, wann soll ich denn dann rein? Diese Haare werden ja nicht von selbst so lockig!» Er strich sich über sein schon leicht graues, welliges Haar und zwinkerte mir zu.

Ugh. Okay, Problem von selbst gelöst. Na ja, ein bisschen war es auch doch das Verdienst meiner Mutter. Aber dem nächsten Kandidaten werde ich garantiert ohne mütterliche Hilfe absagen, denn stundenlang den Vorträgen und Erzählungen meiner Mutter zu lauschen war anstrengender, als jemand mal kurz zu sagen, dass es mit dem Zusammenleben nix wird.

Die nächste Interessentin war ein Mädchen um die achtzehn aus Holland. Wir unterhielten uns auf Englisch. Wenn man denn von Unterhalten sprechen kann. Die meiste Zeit hatte ich meinen Arm um sie gelegt und sprach beruhigend auf sie ein, damit sie mit dem Schluchzen aufhörte. Ihr schien das Von-zu Hause-Ausziehen noch schwerer zu fallen als mir. Sehr viel schwerer. Nachdem wir einen Plan ausgeheckt hatten, wie sie ihre Eltern davon überzeugen konnte, ihr ein Studium in Holland zu erlauben, lächelte sie tapfer, und ich führte sie zur Tür. Ich drückte ihr zur Sicherheit noch ein paar Taschentücherpackungen in die Hand und wünschte ihr viel Glück.

Wow, Mitbewohner suchen machte echt Spaß.

Der dritte Besichtigungstermin begann sehr vielversprechend. Eine Medizinstudentin, 23 Jahre alt, die kein Problem damit hatte, ohne ihre Eltern zu wohnen. Meine Erwartungen wurden erfüllt. Wir verstanden uns super, ihr gefiel die Wohnung, die einzige offene Frage war, wann sie einziehen konnte! Als wir uns verabschiedeten, fiel ihr doch noch etwas ein: «Die Miete für das Zimmer kann ich mir nicht ganz leisten. Es ist doch bestimmt kein Problem, wenn ich nur die Hälfte zahle?»

Hm, lass mich mal kurz überlegen … Doch ist es.

Next.

Drei weitere Interessenten später war mein Tagespensum an Geduld ausgeschöpft. Der Musikstudent musste täglich Oboe und Querflöte üben. (War meine Schuld, hatte vergessen, in der Anzeige neben Haustieren auch Musikinstrumente auszuschließen.) Die Jurastudentin begutachtete kritisch die Wohnung und entschied dann: «Ich nehm das Zimmer mit Balkon.»

«Aber da wohne ich bereits.»

«Und?»

«Meine Möbel stehen da schon drin.»

«Und?»

Wie reizend. Tschüs.

Die dritte Interessentin erklärte mir, dass sie aus ihrer momentanen Wohnung ausziehen müsste, weil sie eine Art Stalker hatte, der ihr vor der Wohnung immer auflauerte. Aber ich solle mir keine Sorgen machen, sie denke nicht, dass er ihr zu einer neuen Wohnung folgen würde. Super, mir war ruhig schlafen nachts eh nie wichtig gewesen.

Ich hatte eigentlich schon aufgegeben und überlegte gerade, ob ich nicht doch aus den beiden Zimmern Ankleideräume machen sollte, als es klingelte. Ich öffnete die Tür, niemand stand davor.

«Hi!», hörte ich eine Stimme. Mein Blick richtete sich nach unten, und da stand die Zierlichkeit in Person vor mir. Sie war mindestens zwei Köpfe kleiner als ich und hatte mehr Ähnlichkeit mit einer Elfe als mit einem Mädchen.

Das Elfige an ihr verblasste, als sie die Wohnung betrat. Sie erzählte, dass sie in ihrer vorigen Wohnung mit vier Kerlen zusammengewohnt hat. Also wenn ich nachts um vier Drum'n'Bass hören oder in der Küche Essen an die Wand werfen wolle, wär das okay. Hm, nicht dass ich bisher das Verlangen dazu gehabt hätte, aber es ist doch schön zu wissen, dass man die Möglichkeit hat. Dann fiel ihr Blick auf die Garderobenstange, die funktionslos an der Wand lehnte, weil mein Vater nach einigen erfolglosen Bohrversuchen aufgegeben hatte.

«Hast du Dübel?», fragte sie.

Hatte ich Dübel? Keine Ahnung. Ich deutete einfach auf den Werkzeugkasten, der daneben stand, sie kramte mit fachmännischem Blick darin herum, und ein paar Minuten später war die Stange an der Wand befestigt. Nicht schlecht.

Während des weiteren Gesprächs stellte sich heraus, dass wir viel gemeinsam hatten. Unter Kochen verstanden wir beide, es zu schaffen, einen Toast nicht anbrennen zu lassen. Sport war etwas, das wir beide googeln mussten, und unsere bevorzugte Alltagskleidung war der Schlafanzug. Ausschlaggebender Punkt war jedoch ihre DVD-Sammlung. Wenn sie hier einzog, würde ich nie wieder den Weg zu einer Videothek auf mich nehmen müssen. Es gab nichts Weiteres zu klären. Auch Stella war zufrieden. Sie wollte so bald wie möglich einziehen.

Das mit der WG fand ich prima. Ich selbst bin zwar kein WG-Typ, aber für meine Tochter fand ich das aus sicherheitstechnischen Gründen perfekt. Also nicht von wegen Überfall, Einbruch und solchen Dingen. Ich meine das haushaltssicherheitstechnisch. Denn für ein Kind wie Allyssa geht die größte Gefahr von der Wohnung selbst aus. Ich denke da an achtlos an die Wand gelehnte meterhohe Spiegel, an mangelhaft angebrachte Regale oder schlecht zusammengebaute Schränke, die zusammenkrachen und sie unter sich begraben könnten. In einer WG wäre dann immerhin jemand da, der mein Kind unter einem Berg von Brettern und Kleidern hervorziehen könnte.

Das gefährlichste Zimmer für Allyssa ist eindeutig die Küche. Und ich rede da nicht nur von Messer, Gabel, Schere, Licht. Ich denke da an ein in der Mikrowelle explodiertes Ei, weil Allyssa meinte, es sei zu aufwendig, ein Ei in einem Topf mit Wasser auf dem Herd zu kochen. Oder an den Topf mit Tomatensauce, der zum Aufwärmen in die Mikrowelle gestellt wurde und dort Feuer gefangen hat, während Allyssa fasziniert davorstand und fragte: «Wie kommt denn so was?» Und ich denke an den Nutellaglasdeckel, der mit der heißen Herdplatte eine innige Verbindung eingegangen ist, weil Allyssa ihn dort nachlässigerweise abgelegt hatte. Ich erinnere mich an einen in der Packung gebackenen Fertigkuchen, weil Allyssa die Anweisung missinterpretiert hatte. Oder – einer meiner Lieblinge – an den Schokokuchen, der mitsamt der Kuchenform mit Glasur überzogen wurde. Allyssa behauptet bis heute, das Rezept habe nur verlangt, dass man den Kuchen auskühlen lasse, bevor man ihn mit dem Schokoguss überzieht, es sei keine Rede davon gewesen, ihn vorher aus der Form herauszunehmen.

Ich mache mir nicht nur Sorgen wegen möglicher Verletzungsquellen, sondern ebenso wegen ihrer Ernährung. Meinen eindringlich vorgebrachten Vorschlag, sich eine Mitbewohnerin zu suchen, die eine Ausbildung als Köchin hat, ignorierte sie. «Mom!», sagte sie nur. Tonfall zwischen: «Das nervt langsam!» und: «Fang nicht schon wieder damit an!»

Na gut, ich hielt meinen Mund. Mal sehen, wie lange es dauern würde, bis sie herausfand, dass wir Ullrich-Girls genetisch bedingt kochbehindert sind.

Die *mit der milch im bücherregal*

Alleine wohnen war gar nicht so schlimm. Ich verstand nicht, warum sich alle so aufregten, von wegen der ganzen Verantwortung und Arbeit, die man hatte. Für mich gab es nichts Besseres. Ich konnte heimkommen, wann ich wollte, bis mittags schlafen (das musste ich wohl leider einstellen, sobald die Uni losging, aber momentan genoss ich es) und meinen Kram liegen lassen, ohne dass jemand verlangte, dass ich ihn wegräumte. Ein tolles Leben. Zwei Tage und zwei Nächte lang.

Morgens (oder eher mittags) schlenderte ich gemütlich in die Küche, um mir mein Frühstück abzuholen, das ich gleich im Bett zu mir nehmen wollte. Ich machte den Kühlschrank auf. Leer. Hm. Ich rieb mir die Augen und sah nochmal hin. Immer noch leer. Ich machte ihn zu und wieder auf. Änderte leider nichts. Er blieb leer. So ein Mist, ich hatte vergessen einzukaufen. Den gestrigen Tag über hatte ich alle meine Mahlzeiten in der Stadt eingenommen. Okay, Anfängerfehler. Das konnte jedem mal passieren. Zu Hause war der Kühlschrank immer gefüllt gewesen, auf die Idee von Einkaufen kam man halt nicht sofort. Dann musste ich eben jetzt was besorgen. Aber wo war der nächste Supermarkt? Konnte man bestimmt googeln. Nur hatte ich leider noch keinen Internetzugang in der Wohnung. Also musste ich es auf die altmodische Art versuchen: durch die Gegend laufen und einen ausfindig machen.

Das stellte sich als gar nicht so schwer raus. Zwei Straßen weiter gab es vier Supermärkte nebeneinander. Ich verstand nicht so ganz, warum die sich direkt nebeneinander positionierten, aber gut. Um fair zu sein, beschloss ich, immer abwechselnd in den Läden einzukaufen. Keiner sollte sich benachteiligt fühlen. Ich betrat den ersten und ging durch die Regalreihen. Während ich alles Mögliche in den Einkaufswagen schmiss, merkte ich, dass Einkaufen ziemlich viel Spaß machte. Also halb so schlimm! Selbst einzukaufen würde keinen Nachteil in der neuen Lebenssituation darstellen. Nach einer halben Stunde verließ ich den Laden mit insgesamt fünf Tüten. Wer hätte gedacht, dass ich so viel brauchte? Ein bisschen unschlüssig stand ich in der Gegend rum und wartete. Hm, worauf eigentlich? Irgendwas fehlte … Ich sank bedrückt zu Boden. Ein Auto, das mich und meine Einkäufe nach Hause bringen würde, fehlte. Daran hatte ich gar nicht gedacht. Wie sollte ich diese bis an den Rand gefüllten Tüten alleine nach Hause schleppen?

Eine halbe Stunde später saß ich immer noch neben meinen Plastiktüten. Ich hatte einen Mann, der mit einer Dose Bier auf einer Parkbank saß, gefragt, ob er so nett wäre und auf drei der Tüten aufpasste, solange ich die anderen zwei nach Hause schleppte. Aber er hatte so eifrig genickt, dass ich das Gefühl hatte, drei leere Tüten und die Dose Bier ohne Mann vorzufinden, wenn ich wiederkam. Ich entschied mich also dagegen.

Zwei Jungs, ein bisschen jünger als ich, bot ich fünf Euro an, wenn sie mir die Tüten nach Hause schleppen würden. Die zeigten mir nur den Vogel. Einen Versuch war's wert, in Filmen wurde älteren Damen immer von gutaussehenden, jungen Männern dabei geholfen, ihre Einkäufe nach Hause zu tragen. Na ja, vielleicht lag's auch daran, dass ich nicht als gebrechliche Seniorin durchging. Würde aber bald der Fall sein, wenn ich hier nicht wegkam.

Mir blieb nur noch eins: Ich rief ein Taxi. Zehn Minuten später und um sechs Euro ärmer stand ich vor der Haustür. Nächstes Problem. Ich hätte eben doch in eine Parterrewohnung ziehen sollen, egal, was meine Mutter mir geraten hatte. Fünf Tüten zwei Stockwerke hochtragen – das war Hochleistungssport.

Und wann hörten die Komplikationen wieder auf? Ich stand vor dem Kühlschrank, und es passte nicht alles rein. Verdammt nochmal, musste man denn seinen Kühlschrank ausmessen, bevor man einkaufen ging, um sicherzugehen, dass man die Milch nicht im Bücherregal aufbewahren musste? Aber wozu war man mit Kreativität gesegnet? Ich entwickelte eine neue Aufbewahrungstechnik. Ich nahm alles aus den Packungen raus, was nicht flüssig war. Pilze, Eier, Erdbeeren durften sich, von Folie und Verpackung befreit, im Kühlschrank tummeln. Zwischen den Joghurts hatten prima die Oliven Platz, daneben passten perfekt die Käsescheiben, und saure Gurken brauchten auch kein Glas für sich alleine. Jede Ecke war optimal ausgenutzt. Keine Platzverschwendung. Ich fand zwar nichts mehr wieder, aber für den künstlerischen Gesamteindruck hätte ich eine Eins verdient.

Zufrieden blickte ich auf die Zutaten vor mir, die nicht in den Kühlschrank mussten. Nun konnte ich endlich etwas essen. Na ja, noch nicht ganz. Erst kam noch die wirkliche Arbeit. Ich musste kochen.

Kochen?! Nein, danke.

In Bremen war das einfacher gewesen. Meine Mutter war mit mir mehrmals in der Woche zum Sushi-Essen gegangen. Sie behauptete stets, das wäre die Belohnung für mein gutes Benehmen. Nur gab's auch dann Sushi, wenn ich mich nicht auffällig gut benommen hatte, manchmal sogar selbst, wenn ich mich auffällig schlecht benommen hatte. Und so war ziemlich schnell klar gewesen, dass unsere Sushi-Trips deshalb stattfanden, weil meine Mutter keine Lust hatte zu kochen.

Ich drehte der Küche den Rücken zu und zog mir wieder meine Jacke an. Ich war mir ziemlich sicher, dass ich eben auf dem Nachhauseweg einen Sushi-Laden gesehen hatte.

Die *mit der unsichtbaren tochter*

Ich saß in Bremen in der *Sushi Factory* und fischte einen Teller nach dem anderen vom Laufband, Allyssa liebt California Rolls, ich hatte so gut wie alle California Rolls, die vorüberzogen, auf den Platz neben mir gestellt. Dann sah ich mich nach Sushi für mich um.

«Was möchten Sie denn trinken?», fragte die Bedienung.

«Eine Cola, ein Wasser.» Cola für mich, Wasser für Allyssa. Wie immer.

Sie nickte, warf einen kurzen Blick auf die sieben Tellerchen, die vor mir standen, und sagte freundlich: «Na, Sie mögen wohl California Rolls.»

«Die sind für meine Tochter, sie liebt die.»

Die Bedienung nickte wieder freundlich und sah sich kurz um, lächelte dann nett und meinte: «Ihre Tochter kommt wohl etwas später?»

Ich nickte kurz, dann starrte ich sie entsetzt an. Nein, sie würde nicht kommen. Ich war ja gar nicht mit Allyssa unterwegs. Allyssa lebte ja jetzt in Hamburg.

Früher waren wir hier oft essen, wenn ich keine Lust hatte zu kochen oder wenn wir beide in der Stadt zu tun hatten. Wir haben uns hier regelmäßig getroffen.

Uh, das war jetzt irgendwie doof. Peinlich regelrecht. Ich hatte sieben California Rolls hier stehen und gerade drei weitere Teller für mich vom Laufband genommen.

Und zwei Getränke bestellt. Wie immer eben.

Ich schluckte.

Ob ich, um mein Ansehen zu retten, Allyssa anrufen und ihr mitteilen sollte, dass sie vorbeikommen muss? In etwa anderthalb Stunden könnte sie hier sein. Dumme Idee. Ich zuckte die Schultern und sagte zu der Bedienung: «Kinder! Kein Verlass auf sie.»

Sie nickte wieder freundlich. Sie war etwa im Alter von Allyssa. Ob sie California Rolls mag? Aber ich war mir nicht sicher, ob es einer Bedienung erlaubt ist, sich während der Arbeitszeit zu einem Gast zu setzen und zu essen.

Aber irgendwas musste ich tun, sie stand noch immer wartend neben mir. Ich kramte mein Handy aus meiner Handtasche, hielt es hoch und sagte: «Ich frag mal nach, wo sie bleibt.»

Die freundliche Bedienung nickte beruhigt und ging davon. Und ich führte ein Scheintelefonat mit der Zeitansage. Toll, so weit ist es schon gekommen. Echt jämmerlich!

Ich saß dann zwei Stunden vor meinen zehn Tellerchen und hatte viel Zeit nachzudenken.

Immer wieder schüttelte ich den Kopf: Es war wirklich nicht leicht, sich daran zu gewöhnen, dass das Kind aus dem Haus ist.

Ich kaufte immer noch Nutella und Geflügelmortadella, Allyssas Lieblingsbrotbelag, obwohl das außer ihr niemand isst.

Vor ein paar Tagen hatte ich mich sogar mit Allyssas Zimmer unterhalten. Also, nicht wirklich mit ihrem Zimmer; vom Flur aus rief ich in ihr Zimmer: «Lys, im Focke Museum gibt's 'ne echt interessante Ausstellung, sollten wir mal hingehen.»

Erst als keine Antwort kam, war mir klar, dass ich etwas lauter hätte rufen müssen, damit sie mich in Hamburg hört.

Drei California Rolls standen noch vor mir. Ich konnte beim besten Willen nicht mehr. Ich ließ sie in meiner Handtasche verschwinden, bezahlte und ging. Alleine.

Auch ich vermisste meine Mutter schmerzlich, als ich in diesem kleinen Sushi-Imbiss in Hamburg saß. Was mir nämlich bisher nicht klar war: Sushi ist sauteuer.

Die *mit dem aufmüpfigen wischmopp*

Ich war sehr gespannt auf den Moment, in dem Allyssa feststellen würde, dass eine Wohnung nicht selbstreinigend war.

Und es dauerte auch nicht lange, da rief sie an und erkundigte sich, ob eigentlich in ihrem Studienbudget auch Geld für eine Putzfrau vorgesehen war.

«Hach! Ich wusste, dass du das fragen wirst! Ich hätte doch mit deinem Vater wetten sollen!»

«Ihr schließt Wetten über mich ab?!»

«O ja, und meist gewinne ich.»

«Du wettest mit Paps, wann oder ob ich etwas frage oder tue?»

«Nicht nur mit ihm, auch mit anderen Müttern und gelegentlich mit dieser netten Kassiererin im Supermarkt.»

«Mom!»

«Na, du musst zugeben, dass ich mit 80 Prozent meiner Vorhersagen, was dein Alleineleben betrifft, richtig liege», rief ich.

Allyssa antwortete nicht, aber wenn ich die Umgebungsgeräusche, die ich durch den Telefonhörer mitbekam, richtig deutete, hatte sie gerade den Fernseher eingeschaltet. Ihre Art, mir mitzuteilen, dass sie zwar kein Interesse an dem Gespräch mit mir hat, aber zu höflich ist, es mir zu sagen.

«Zahlst du eigentlich GEZ-Gebühren?»

«Ja, Mom! Und darf ich dir sagen, dass ich unter Garantie die einzige Studentin bin, die das macht. Ich zahle für Programme, die ich nicht mal in Anspruch nehme.»

«Das ist egal, wenn man einen Fernseher hat …»

«Also keine Putzfrau?», unterbrach sie mich. Na, ich nehme an, sie wollte keinen Vortrag darüber hören, dass Gesetze einzuhalten sind, auch wenn man nicht damit konform geht.

«Nein.»

«Wie ist es mit Putzzeugs und so?», erkundigte sie sich.

«Die stehen im Supermarkt deines Vertrauens und warten darauf, von dir gekauft zu werden!»

«Hm.»

«Sag mal, du lebst jetzt schon seit zwei Wochen in deiner Wohnung, hast du etwa noch nie geputzt?»

«War bisher noch nicht nötig. Ich schmutze einfach nicht.»

«Wenn das auf Dauer klappt, verrate mir deine Tricks. Das klingt vielversprechend.»

«Mach, ich. Tschüs Mom!»

Hm. Da ich von meiner Mutter die erschütternde Mitteilung bekommen hatte, dass sie mir kein Geld für eine Putzfrau geben würde, war mein wichtigstes Anliegen, das von mir so sehr gefürchtete Putzen auch weiterhin zu vermeiden. Ich hatte bereits beim Einzug beschlossen, einfach nichts schmutzig zu machen. Meine Schuhe zog ich vor der Tür aus und zwang meine Gäste, dasselbe zu tun. War ein bisschen schwer, den Telekom-Techniker dazu zu bringen, seine auch vor der Tür zu lassen, aber nachdem ich ihm meine Hausschuhe anbot, willigte er ein. (Ja, wir hatten die gleiche Größe, es war ein kleinfüßiger Techniker.)

Da ich meine Mutter auch nicht davon überzeugen konnte, dass eine Geschirrspülmaschine zur Mindestausrüstung eines Studentenhaushaltes gehörte, sah ich mich mit dem Problem des «Von-Hand-Spülens» konfrontiert. Aber auch das war leicht zu lösen: Ich benutzte einfach kein Geschirr. Wasser und Fruchtsaft trank ich direkt aus der Flasche bzw. aus dem Karton, Brote schmierte ich mir auf der Hand. Bei Knäckebrot erfordert das etwas Übung, aber nach kurzer Zeit hatte ich auch das gemeistert. Schwieriger war es, morgens Cornflakes zu essen, ohne Geschirr zu benutzen. Aber bald fand ich heraus, dass die Innentüte «milchfest» ist. Das heißt, wenn die Cornflakes zur Neige gingen, schüttete ich die Milch direkt in die Packung. Der Herd blieb kalt, warme Mahlzeiten werden überbewertet.

Klappte alles super, ich war echt zufrieden. Und durch dieses ganze «Ich-ess-ohne-Geschirr» bekam ich, wenn ich barfuß lief, sogar noch ein kostenloses Peeling für meine Fußsohlen, weil überall kleine Krümel lagen.

Allerdings konnte ich das mit den Krümeln nur anfangs so positiv sehen. Mit steigender Anzahl wurden sie leider auch fürs Auge sichtbar. Blöder heller Fußboden! Ich hätte schwarz-weiß gesprenkelte Fliesen legen lassen sollen! Ich nahm den Staubsauger also doch in Betrieb.

Allerdings hatte ich mir noch nie Gedanken über sein kompliziertes Innenleben gemacht. Er brauchte eine Tüte. Und meiner hatte keine. Also musste ich Staubsaugerbeutel besorgen. Aber die sind nicht etwa genormt, sondern jeder Staubsauger bevorzugt eine andere Sorte. Und selbst wenn man sich am Fabrikat des Staubsaugers orientiert, hilft das nicht weiter, denn auch da ist die Auswahl verwirrend groß.

Nachdem ich vier verschiedene Staubsaugerbeutel-Packungen gekauft hatte, die alle nicht passten, war mein Haushaltsbudget für den Monat erschöpft, und ich suchte nach einer Alternative.

Ich versuchte es mit «feucht aufwischen». Das scheiterte im Ansatz, weil ich feststellte, dass mir der Eimer, in dem ich das Reinigungsmittel mit dem Wasser mischen konnte, fehlte. Also schüttete ich etwas Bodenreiniger in eine Wasserflasche und verteilte das «Schaumbad» auf dem Boden. Mein neuer Freund, der Mopp, war aber nicht sehr kooperativ, er saugte alles auf und gab nicht mehr viel her. Ergebnis: Der Boden war schmierig *und* schmutzig.

Na gut, dann halt nicht.

Aber ich war in Putzlaune gekommen, das wollte ich ausnutzen.

Als Nächstes war das Badezimmer dran. Zuerst das Klo. Unschlüssig stand ich da, in der einen Hand hielt ich den Kloreiniger, in der anderen einen Schwamm. Ratlos sah ich zwischen beiden hin und her. Kloreiniger auf Schwamm und Schwamm ins Klo? Oder Kloreiniger ins Klo und Schwamm …? Ich startete zwei Annäherungsversuche, aber meine Hände weigerten sich, die beiden miteinander in Kontakt zu bringen. Mein Blick fiel auf eine der fünfzig Sagrotan-Flaschen, die meine Mutter mir mitgegeben hatte. Das war die Lösung! Ich sprühte das Klo großzügig damit ein und hoffte, dass der Effekt ungefähr der Gleiche war wie der des Kloreinigers. Außerdem roch Sagrotan besser. Der Reiniger hatte Zitronenduft. Warum denken eigentlich alle Putzmittelhersteller, dass wir Konsumenten auf Zitronengeruch stehen? Ich habe mich noch nie dabei ertappt, wie ich genussvoll an einer Zitrone rieche. Wenn sie allerdings mal einen Kloreiniger mit dem Duft von Coco Chanel rausbringen, würde auch ich anfangen zu putzen.

Die mit den fünf kerlen mit bierkasten

«Sie ist da! Mom, ich muss auflegen!»

«O nein! Bitte, darf ich dranbleiben?»

«Klar, soll ich sie dir dann geben, oder reicht es, wenn ich das Telefon heimlich in ihr Zimmer stelle und du mithören kannst?»

«Jetzt werd nicht albern! Ich wär einfach so gern dabei gewesen, wenn sie das erste Mal die eingerichtete Wohnung sieht …»

Stella, meine neue Mitbewohnerin, sollte heute einziehen, und meine Mutter war, wie immer, ganz aufgeregt.

«Mom! Du lernst sie noch früh genug kennen, aber lass mich jetzt erst mal mit ihr alleine.»

Das war eine reine Sicherheitsmaßnahme. Erst musste meine neue Mitbewohnerin merken, dass ich vollkommen normal war, bevor sie meine Mutter kennenlernte. Selbst wenn es nur übers Telefon wäre. Meine Mutter ist gewöhnungsbedürftig.

«Okay, aber sei nett zu ihr, biete ihr Kaffee und Kuchen an. Du willst doch, dass sie sich wohlfühlt!»

«Ich führ hier kein Hotel. Sie ist mehr oder weniger selbst dafür verantwortlich, dass sie sich hier wohlfühlt.

Ist ja jetzt auch ihre Wohnung!», erinnerte ich meine Mutter. «Okay, Mom, sie ist fast oben. Ich muss Schluss machen!»

Ich zwang mich, trotz Protesten auf der anderen Seite, aufzulegen. In dem Moment klopfte es. Schwungvoll lief ich zur Tür und öffnete.

«Stellaa …!» Ich stockte.

Vor mir stand nicht Stella. Fünf Kerle mit einem vollen Bierkasten standen vor mir.

«Moin!», riefen sie im Chor.

«Moin.» Mehr bekam ich nicht raus. Ich war überfordert. Wer waren die?

«Wir sind Freunde von Stella! Sie hat uns erzählt, dass sie heute einzieht, und wir dachten, wir überraschen euch mit einer kleinen Einweihungsparty! Keine Sorge, wir haben alles, was man braucht, mitgebracht!» Dabei hielten sie stolz den Bierkasten hoch. Wildes Gelache und High-fives für den gelungenen Witz machten einmal die Runde. O ja, hab noch nie in meinem Leben so sehr gelacht. Haha.

«Bist du Stellas neue Mitbewohnerin?», fragte der Kleinste von ihnen, dessen Gesicht ich nicht erkennen konnte, weil er seine Cap so tief nach unten gezogen trug.

«Nee, ich bin der Butler. Ich mach die Tür auf und versorg alle mit Tee.»

Die fünf sahen mich mit großen Augen an. Aha, also keine Ironie. Nur Witze über Bierkästen funktionierten.

«Ein Witz, sorry. Ja, bin ich. Ich heiße Allyssa. Ähm, cool, dass ihr da seid. Aber wo ist Stella?»

Die fünf sahen sich an.

«Ist sie noch nicht da? Hm, sie müsste bald kommen. Hab vorhin mit ihr telefoniert!», meinte der Kleine. «Aber keine Sorge! Du hast auch mit uns alleine Spaß!»

Dann stürmten sie an mir vorbei in die Wohnung.

Okay, tief Luft holen. Spontane Aktionen waren eigentlich nicht so mein Ding.

Ich drehte mich um und folgte ihnen in die Küche, wo sie anfingen, die Bierflaschen an der Tischkante aufzuschlagen.

«Coole Wohnung!», meinte der eine und prostete mir zu.

Ich atmete tief durch. Folgende Alternativen boten sich mir: Entweder würde ich wütend werden, weil fünf fremde Männer einfach in meine Wohnung kamen, Möbel beschädigten und sich volllaufen ließen. Oder: Ich machte mit. Ich nahm mir ein Bier aus dem Kasten und schlug es an der Stuhllehne auf. Na ja, ich versuchte es zumindest. Das Bier blieb zu, die Stuhllehne hatte einen kleinen Riss. Mein Versuch, cool zu sein. Der Kleine lächelte mich an.

«Ich mach das schon», meinte er, nahm mir das Bier aus der Hand und öffnete die Flasche. Und wie er es machte! Mit seinen Zähnen! Ich lächelte ihn fasziniert an, und als er zurücklächelte, untersuchte ich unauffällig seinen Mund nach fehlenden Zähnen. Keine. Wahnsinn. Seine Energie war also in das Ausbilden steinharter Zähne gegangen und nicht in das Körperwachstum.

Drei Stunden später lag ich in der Badewanne. Warum? Die Jungs hatten sich von der Anzahl her verdoppelt und angefangen zu testen, wer am besten mit Bierflaschen jonglieren kann. Ergebnis: Keiner kann es. Der Boden der Küche war mit Scherben übersät. Auf meinem Bett waren zwei Typen, mit ihrem Bier in der Hand, eingeschlafen, und sämtliche Stühle waren auf den Balkon getragen worden, weil den Jungs eingefallen war, dass es viel zu lange her war, dass sie Reise nach Jerusalem gespielt hatten. Ich konnte nicht mehr stehen und brauchte eine kurze Verschnaufpause. Da mein Bett belegt war, blieb nur die Badewanne. Jetzt bewährte sich die Tatsache, dass ich eine Wohnung mit Wanne gemietet hatte. Ich polsterte die Badewanne mit ein paar Handtüchern aus und legte mich rein. Ah, endlich Ruhe.

Nicht lange.

Ein Schwarzhaariger setzte sich auf den Badewannenrand und fing an, mit mir über «die guten alten Zeiten» zu reden. Er hielt mich für Stella. Von der war immer noch keine Spur zu sehen oder zu hören. Mittlerweile war es vier Uhr nachmittags. Ich rief sie an.

«Hey, Stella, wo bist du?»

«Ich sitze hier seit Stunden und warte auf ein paar Freunde, die mir beim Umzug helfen wollten.»

«Begeisterte Biertrinker?»

«Ja.»

«Die sind hier und feiern deinen Einzug.»

«Ich bin aber noch gar nicht eingezogen.»

«Ich glaube, das macht ihnen nichts aus. Sie feiern trotzdem.»

«Was? Ohne mich? Ich komme.»

«Stella?»

«Ja?»

«Was ist denn jetzt mit dem Umzug?»

«Och, das machen wir morgen. Meine Einzugsparty will ich auf keinen Fall versäumen. Bis gleich.»

My kind of girl!

Die *mit der*
ente süss·sauer

Es war echt super mit Stella, sie war eine tolle Mitbewohnerin, und wir waren ein perfektes Team. Wir schafften es zum Beispiel bei unserem ersten (und letzten) Kochversuch, zwei Messer im Auflauf mitzubacken, die sich auf wundersame Art und Weise unter die Kartoffeln gemogelt haben. Wäre ja nicht schlimm gewesen, wenn er für uns bestimmt gewesen wäre, nur hatten wir den als kleine Aufmerksamkeit für Freunde gebacken, die uns beim Hochtragen unserer Waschmaschine geholfen hatten. Sagen wir's mal so, der Auflauf kam weniger als wohlgemeintes Dankeschön denn als Morddrohung rüber.

Toll war auch, als wir uns beide im Schlafanzug, ohne Geld, Schlüssel oder Handy (noch nicht mal Hausschuhe), aus der Wohnung gesperrt haben und eine Stunde lang barfuß und im Schlabberlock bei den Nachbarn auf den Schlüsseldienst warten mussten.

Stella und ich verstanden uns blendend.

Ich wünschte nur, ich würde mich mit den Leuten von der Telekom genauso gut verstehen. Seit Wochen versuchte ich sie davon zu überzeugen, dass ich eine neue Nummer für den Anschluss in unserer Wohnung brauchte. Das Problem war nämlich, dass mein Vormieter nachtaktiv gewesen war. Und nun bekam nicht mehr er, sondern ich irritierende nächtliche Anrufe. Der oder die Anrufer – so genau konnte ich das nicht unterscheiden, für mich hörten sich die Stimmen gleich an, was aber auch an der Uhrzeit liegen konnte – versuchten, mit mir Chinesisch zu sprechen. Morgens um fünf. Wenn ich zur Uni musste, störte es mich nicht allzu sehr. Ich sah die Anrufe einfach als kostenlosen Weckruf an. Am Wochenende gingen sie mir aber doch auf die Nerven. Vor allem, wenn ich erst um vier ins Bett gegangen war. Ich hatte mir zwar im Internet den Satz «Sie haben sich verwählt» ins Chinesische übersetzen lassen, dies schien jedoch nicht zu helfen. Möglicherweise sagte ich auch gar nicht den gewünschten Satz, sondern gab eine Essensbestellung für Ente süß-sauer ab. Die Internetseite hatte nicht sehr seriös ausgesehen.

Jedenfalls schien es mir das Einfachste zu sein, eine neue Nummer zu beantragen. Aber von wegen. Die Leute von der Telekom meinten, nur wenn ich das Telefon in Hellgrün nehme, mit dem Geburtsdatum des Telekom-Chefs als neuer Nummer zufrieden bin und ihnen mein Erstgeborenes verspreche, besteht die Möglichkeit einer neuen Nummer. Na ja, so ähnlich jedenfalls. Lass es das Zweitgeborene sein, aber die hatten wirklich einen Knacks!

Ich war ziemlich genervt und wollte jemanden daran teilhaben lassen. Ich entschied mich für meine Mutter. Situationen, in denen sie das Gefühl hatte, sie könne mir irgendwie helfen, auch wenn es nur das gemeinsame Fluchen auf die Telekom war, liebte sie.

«Hör mir auf mit der Telekom. Die sind für die dunkelsten Stunden meines Lebens verantwortlich!», rief ich, als Allyssa mir von ihrem Problem berichtete. Ich hatte mir mal eine Telefonanlage montieren lassen, an der absolut nichts funktionierte, die dafür aber den Rest der Elektrik im Haus lahmgelegt hat. Und als ich mich beschwerte, meinte die Dame vom Kundenservice doch tatsächlich zu mir, ich hätte gar kein Telefon.

Ich sagte ihr: «Aber ich ruf Sie doch vom Telefon aus an.»

Sie meinte ernsthaft: «Nein, das kann nicht sein, auf meiner Liste ist unter Ihrem Namen kein Telefonanschluss registriert. Also haben Sie auch kein Telefon.»

«So kommt es mir auch vor, denn es funktioniert ja auch die meiste Zeit nicht. Aber ich zahl regelmäßig Rechnungen!»

«Die sind für Ihr Faxgerät. Hier ist nur ein Fax registriert.»

«Ich besitze kein Fax, nur mein Telefon. Und das funktioniert meistens nicht.»

«Das kann nicht sein. Laut unseren Unterlagen haben Sie kein Telefon.»

«Ich will mich nicht mit Ihnen streiten, aber können Sie bitte jemand vorbeischicken, der mein Telefon repariert?»

«Bitte, wenn Sie meinen. Aber das kostet.»

Die Experten kamen, haben alles um-, aus- und neu eingebaut, aber natürlich klappte immer noch nichts, alles geriet total durcheinander. Inzwischen hatte ich sogar

Angst, dass bei einem Anruf automatisch das Badewasser einläuft oder so.

Also hatte ich nach drei Wochen Versuch und Irrtum und siebzehn Besuchen von Technikern darum gebeten, man möge bitte alles wieder abmontieren. Und dann hab ich mir Brieftauben zugelegt!

Na ja, nicht wirklich, aber ich war kurz davor. Bis ein mitfühlender Techniker mich zur Seite nahm und mir zuflüsterte, dass ich beim nächsten Mal nur runter in den Keller gehen, den Stecker des Hauptanschlusses rausziehen, bis dreißig zählen und ihn dann wieder einstecken muss. Danach würde alles wieder funktionieren. Die Dinger würden sich gelegentlich «aufhängen», und das könne man dadurch beheben. Was anderes würden sie meist auch nicht machen.

Nachdem ich Allyssa diese Geschichte in epischer Breite erzählt hatte, erkundigte sie sich gelangweilt: «Und wie hilft mir das jetzt weiter bei meinem Problem mit der Telekom?»

«Gar nicht. Gib ihnen dein Erstgeborenes, Allyssa, du hast keine Chance, die sind besser als wir!»

Trotz aller Kritik muss ich jedoch zugeben, dass ich für die Erfindung des Telefons sehr dankbar bin. Es lässt mir Hamburg weniger weit weg erscheinen. Mein Kind ist nur einen Anruf entfernt, sage ich mir stets.

Ich hatte gerade Allyssas Nummer gewählt, doch bevor der letzte Pieper die Verbindung hergestellt hatte, legte ich wieder auf. Was sollte ich ihr sagen, wieso ich anrufe? Ich wollte bloß mal deine Stimme hören?

Nein, das wirkte überbehütend. Und aufdringlich. Neugierig. Nervig. Ging nicht. Ich brauchte einen echten Grund für meinen Anruf. Einen Notfall. Was wäre ein Notfall? Es gab keinen.

Eine Information. Ja, das ist gut.

Am besten etwas, was für Allyssa wichtig wäre.

Vielleicht hatte sie ja bei ihrem letzten Besuch hier in Bremen etwas vergessen? Das Handyladegerät wird gerne mal liegengelassen. (Zumindest von mir.) Das wäre ein guter Grund, um anzurufen. «Lys, du hast dein Handyladegerät hier vergessen, wollte ich dir nur mitteilen, damit du dir keine Gedanken machst. Soll ich es dir schicken? Jemandem mitgeben, der nach Hamburg fährt?» Das klingt ganz okay. Daraus liest man keine mütterliche Kontrolle oder Sorge.

Nur leider hatte sie es nicht vergessen. Sie vergisst selten etwas. Auf ihre chaotische Art ist sie tatsächlich organisiert. Ich ging in ihr Zimmer und sah mich um. Irgendetwas hier, was nach Hamburg gehört? Nein.

Hm.

Aus welchem Grund könnte ich sie wohl anrufen?

Hach! Sie hatte versprochen, ihre alten Kleider auszusortieren, damit ich sie weggeben kann! Jawohl. Das ist ein guter Grund.

Ich wählte ihre Nummer. «Lys, ich packe gerade Kartons mit alten Kleidern. Hatten wir nicht ausgemacht, dass du mir deine aussortierten Sachen hinlegst, bevor du wieder nach Hamburg fährst?»

«Mom! Das hab ich schon längst getan, und du hast sie auch schon weggebracht.»

Mist.

«Und Mom? Du kannst mich auch einfach nur so anrufen, ohne Grund.»

Teufel auch, das Kind ist gut.

Die mit dem unfreiwilligen triathlon. minus schwimmen

Sport ist ein beliebtes Thema in unserer Familie. Wir reden sehr viel darüber. Etwa: «Uäh! Sport! Ist viel zu anstrengend» oder: «Beim Sport kann man sich schlimme Verletzungen holen». Und unsere Sportgespräche gipfeln dann meist in der Aussage: «Sport ist Mord.» Das erzähle ich jetzt, um Allyssa in Schutz zu nehmen, es ist nicht ihre Schuld, es liegt an der Erziehung. Es fing anders an, wirklich, wir hatten vor, ein sportliches Mädchen zu erziehen.

Als Allyssa klein war, gehörte sie der Baseballmannschaft an, machte Stepptanz und Ballett, schwamm schon mit zwei wie ein Fisch (wörtlich – also unter Wasser, haha, aber sie konnte schwimmen), wir haben Fotos von ihr auf dem Hochtrapez und mit Tauchermontur (also nicht auf dem Hochtrapez mit Tauchermontur, sondern getrennt: einmal Hochtrapez, einmal Taucherausrüstung. Alles andere wäre ja albern. Wobei – bei uns wäre auch so was möglich. Oh, well …). Die Sauerstoffflasche war übrigens schwerer als das Kind, Allyssa hing meist mit dem Rücken am Boden des Pools wie ein umgefallener Maikäfer, aber das tat ihrer Freude und ihrem Enthusiasmus keinen Abbruch.

Es fing also vielversprechend an. In Amerika.

Aber beim Umzug nach Deutschland haben wir offensichtlich ihr sportliches Talent in New York zurückgelassen. Denn nun verblüffte sie uns mit völliger Unsportlichkeit. Keine Ahnung, wie das kam, aber es war nicht rückgängig zu machen.

Ich glaube, sie ging bereits in die fünfte Klasse, als wir die Stützräder von ihrem Fahrrad abmontierten.

Tennis schien mir einen Versuch wert. Da man vom Gegner durch ein Netz getrennt war, hielt ich es für einen sicheren Sport. Aber sie kam mit blauen Flecken heim, die sie sich mit ihrem eigenen Schläger selbst zugefügt hatte.

Wir mussten feststellen, dass sie keine Begabung mehr für Sport zeigte. Nicht die mindeste. Nur Begabung für Verletzungen. Sie hat Sport-Narben am Körper, die Zeugen sind, dass sie es sehr wohl versucht hat. Irgendwann bin ich eingeschritten und hab gesagt: «Vergiss die Sache mit dem Sport, das ist nicht dein Ding! Und ich kann kein Blut mehr sehen. Wenn du mal nicht mehr bei mir im Haus lebst, kannst du gerne versuchen, sportlich zu werden, aber jetzt trainiere einfach nur deine geistigen Fähigkeiten, da ist die Verletzungsgefahr wesentlich geringer.»

Wir haben abgeschlagene Zahnspitzen und irreparable Schäden an Fingern vorzuweisen, die das untermauern.

Als sie zum ersten Mal Inlineskates fuhr, hatten wir sie mit allen Schutzvorrichtungen ausgestattet, die man kaufen kann. Helm, Ellbogen-, Handgelenks- und Knieschoner und dick gepolsterte Kleidung. Sie ging mit zwei Freundinnen los, und drei Minuten später hörte ich draußen auf der Straße ein Jaulen. Und die Freundinnen brachten sie mir zurück, mit blutenden und ziemlich lädierten Fingern. An beiden Händen. Typische Skater-Verletzung, nicht wahr?

Was war passiert? Die beiden Profi-Fahrerinnen hatten Allyssa in die Mitte genommen, um ihr das Skaten beizubringen, Allyssa fuhr los, leicht vorneweg, fiel hin, saß auf dem Hosenboden. Nichts weiter passiert, prima. Aber sie stützte sich mit den Händen auf der Straße ab, und über besagte Hände fuhren dann rechts und links ihre Freundinnen drüber. Ich meine ehrlich, das ist doch absurd. Nach drei Minuten hatten wir diese Sportart also ad acta gelegt. Ich sah traurig auf das nigelnagelneue Inline-Equipment, das wir gekauft hatten, und beschloss, es zu verschenken. Zu den drei jungen Damen sagte ich: «Setzt euch vor den Fernseher, ich leg euch ein Video ein und bring euch Cola und Chips.» So enden sportliche Aktivitäten bei uns.

Dabei ist Allyssa nicht wirklich völlig unsportlich, das hatte sie mal unfreiwillig unter Beweis gestellt. Es war eine Art Sommer-Triathlon an ihrer Schule angesagt: Laufen und Radfahren. Ohne Schwimmen.

Allyssa – sich inzwischen der Tatsache bewusst, dass Sport nicht ihr Ding ist – meldete sich freiwillig als Etappen-Zeitnehmer, da sie so die doch sehr anstrengende Teilnahme umgehen konnte. Sie fuhr mit ihrem Rad und mit Flip-Flops zur Schule und nahm ihren Platz am ersten Etappenposten ein. Nachdem das Feld der Läufer an ihr vorbeigerannt war, bekam sie die Info, sie müsse dringend zum zweiten Etappenstopp fahren, weil dort aus unerfindlichen Gründen keiner war. Und wenn dort keiner ist, der das tatsächliche Vorbeilaufen an der Markierung registriert, haben die Teilnehmer ein Problem. Also setzte Allyssa sich auf ihr Rad und fuhr der Gruppe hinterher, aber die Kette sprang vom Rad. Keine Zeit zur Reparatur, weil sie ja vor den anderen am zweiten Etappenstopp sein sollte. Also ließ sie ihr Rad liegen und rannte. In Flip-Flops. Überholte die Gruppe der Läufer und schaffte es rechtzeitig zum nächsten Posten. Als sie nach Hause kam, war sie die Empörung in Person: «Ich musste doch laufen!»

Jetzt, da sie alleine wohnt und ich nicht mehr die Wunden versorgen muss, sagte ich ihr, sie solle das mit dem Sport ruhig nochmal angehen.

Die mit dem milchshake. und den pommes. mit mayo

Gestern rief mich meine Mutter an und fragte, ob sie mir meine Sportschuhe schicken soll.

«Meine was?»

Ich hatte kurzzeitig vergessen, dass ich so etwas wie Sportschuhe überhaupt je besessen hatte. Vage erinnerte ich mich noch an den Schulsport, den ich aber mit sehr viel Mühe aus meinem Gedächtnis verdrängt hatte. Hatte ich danach nicht mit einer Freundin bei einer feierlichen Zeremonie meine Sportschuhe samt Sporttasche verbrannt? Hm, anscheinend musste ich noch ein Paar irgendwo gehabt haben.

«Deine Sportschuhe. Schuhe, die du zum Sport anziehst.»

Danke, die Erklärung dazu war äußerst hilfreich. Die Ironie in der Stimme meiner Mutter war nicht zu überhören.

«Die brauch ich nicht mehr», erwiderte ich.

«Warum nicht?»

«Weil ich keinen Sport mache.»

«Aber du könntest an der Alster joggen gehen!»

«Das wäre auch Sport.»

«Nein, das wäre schnelles Gehen!»

«Schnelles Gehen mach ich auch nicht. Langsam komme ich auch ans Ziel.»

Meine Mutter seufzte.

«Glaubst du nicht, dass dir etwas Bewegung guttun würde?»

«Ich bewege mich doch! Ich wohne schließlich im zweiten Stock!»

«Ich schick sie dir trotzdem. Stell sie in den Flur, dann denken deine Besucher wenigstens, dass du sportlich bist!»

War eigentlich keine schlechte Idee. Solange niemand auf die Idee kam, mit mir joggen gehen zu wollen.

«Weißt du eigentlich, dass Joggen der absolute Must-do-Sport für alle Hamburger ist, die das Glück haben, in Alsternähe zu wohnen? Wenn irgendjemand rauskriegt, dass du dich komplett weigerst, es auch nur einmal auszuprobieren, wirst du von der Stadtverwaltung in einen Stadtteil gesteckt, wo es weder Gewässer noch schöne Parks gibt.»

«Hey, nur weil ich nicht gern schnaufend und voller Schmerzen an der Alster entlanglaufe, heißt das ja nicht, dass ich sie nicht gern in der Nähe habe!»

Zwei Tage später waren sie da. Meine Sportschuhe. Sahen aus wie neu. Hm, lag daran, dass sie es auch waren. Unten an der Sohle klebte noch das Preisschild. Die hatte ich mir vor vielen Jahren als Ersatzpaar gekauft, aber nie gebraucht. Kein Wunder. Die Abnutzung der anderen Sportschuhe war ja gleich null. Ich hatte nämlich auch im Sportunterricht früher meist nur rumgestanden, statt mich zu beteiligen oder einem Ball hinterherzulaufen. Ich fing nur an zu rennen, wenn der Ball auf mich zukam. Davor hatte ich panische Angst. Womöglich traf er mich noch. Noch viel schlimmer wäre, ihn zu fangen und jemand anderem zuwerfen zu müssen.

Mein nagelneues Paar Sportschuhe sah irgendwie cool aus. Meine Mutter hatte auf jeden Fall recht gehabt, es machte echt den Eindruck, als würde hier jemand leben, der seine täglichen Runden mit Freude um die Alster dreht.

Etwas anders reagierte Stella. Ihr konnte ich natürlich nichts vormachen, sie fing laut an zu lachen, als sie die Schuhe sah. Wie unverschämt! War es denn so absurd, dass ich Sport machte?! Etwas beleidigt schnappte ich mir die Schuhe. Ich würde jetzt unter Beweis stellen, dass meine nicht vorhandene sportliche Betätigung nur auf Faulheit und nicht auf Unfähigkeit zurückzuführen war!

Ich verließ die Wohnung und lief die Treppen runter, als ich merkte, dass ich etwas zu überstürzt aufgebrochen war. Ich war noch in Hausschuhen, meine Sportschuhe hielt ich blöd in der Hand, und in einer Jeans ließ es sich auch nicht so gut rennen. Also zurück.

Stellas Grinsen war noch breiter, als sie mich wieder reinkommen sah.

«Aufgegeben? Zwei Meter sind aber auch weit», schmunzelte sie.

«Ich habe mich nur kurz warm gemacht. Treppen einmal rauf, einmal runter. Jetzt geht's erst richtig los! Wir sehen uns dann in ein paar Stunden!» Ich schritt an ihr vorbei in mein Zimmer und zog mich schnell um. Im Flur schnürte ich unter ihrem spöttischen Blick demonstrativ meine Sportschuhe zu.

Die hundert Meter zur Alster ging ich in normalem Tempo. Als ich schließlich den Alsterpark mit den beliebten Joggingstrecken erreichte, blieb ich erst mal stehen und sah den anderen zu. Vielleicht konnte ich mir ja ein paar Techniken abgucken. Sehr besonders sah das alles nicht aus, möglicherweise würde ich es tatsächlich hinkriegen. Ich joggte los. War gar nicht so schlecht. Machte sogar etwas Spaß! Die frische Luft war angenehm, es tat gut, die Beine mal zu strecken, und die entgegenkommenden Jogger lächelten mich freundlich an.

Zufrieden joggte ich weiter. Hm. Und noch ein bisschen weiter. Hier eine Kurve. Um den Kinderwagen herum. Etwas bergauf. Der telefonierenden Blondine ausgewichen. Schicke Stiefel hatte die an. Und noch etwas weiter.

Mit der Zeit wurde es allerdings ein bisschen langweilig. Gab es eine Vorgabe, wie lange man mindestens joggen musste? Reichten zehn Minuten? Meine rechte Seite begann wehzutun. Blöde Seitenstiche. Das kam vom unregelmäßigen Atmen, weil ich mir die ganze Zeit überlegte, was ich gleich essen sollte. Außerdem hatte ich tierischen Durst. Beim nächsten Kiosk hielt ich an. Nur 'ne kurze Wasserpause, sagte ich mir.

«Was soll's sein?» Die Dame hinter der Theke lächelte mich freundlich an.

Gute Frage. Ich als sportliche Joggerin sollte ja eigentlich Wasser trinken, aber die Milchshakes sahen echt gut aus. Aber nein, ich sollte vernünftig sein, schließlich trank man beim Joggen keine Milchshakes. Ich würde Wasser nehmen.

«Einen Erdbeermilchshake, bitte!», hörte ich mich sagen.

Ups, mein Unterbewusstsein wohl.

Na ja, mit dem Getränk in der Hand konnte ich nicht weiterjoggen. So setzte ich mich also ans Wasser und schlürfte genüsslich meinen Milchshake. Als ich so dasaß und den Segelbooten zusah, dachte ich mir, dass Sportmachen ja echt nicht so schlimm war, wie ich es in Erinnerung hatte. Sport in Hamburg war super. Gut, dass meine Mutter mir die Schuhe geschickt hatte. Als der Milchshake alle war, holte ich mir eine Tüte Pommes. Mit Mayo.

Ich liebe Sport.

Die mit dem führenden gastronomiebetrieb

Meine neu entdeckte Art der sportlichen Betätigung gefiel mir zwar sehr gut, doch meine liebste körperliche Beschäftigung blieb das Einkaufen. Und meine größte Unterstützung hierbei waren die Kreditkarten. Das Dumme ist nur, dass die das Geld, das ich ausgebe, wiederhaben wollen. Problem. Großes Problem. Denn dank der vielen, vielen, viiielen wunderbaren Geschäfte in Hamburg hatte ich auf meinen Kontoauszügen nach kurzer Zeit genauso viele rote Zahlen stehen.

Ich hatte keine Lust, meine Eltern um finanzielle Hilfe zu bitten. Ich wollte ja schließlich dieses «Auf den eigenen Beinen stehen» auch wirklich durchziehen. Von ihnen würde ich kein Geld annehmen. Von meiner Miete, meinen Studiengebühren und meinem Taschengeld natürlich abgesehen – übertreiben wollte ich das mit dem Unabhängigsein ja nicht. Es stellte sich also die Frage: Wie komme ich an mehr Geld, als mir momentan monatlich zur Verfügung steht? Lottogewinn? Bank überfallen? Job? Job. Hm, das hieß arbeiten, pünktlich irgendwo erscheinen und im Notfall auch noch körperliche Anstrengung. Doch lieber Bank überfallen? Nein. Moralische Bedenken hielten mich davon ab. Im Lotto gewinnen? Könnte ein paar Jahre dauern, wenn nicht ein paar Generationen. Also doch Job.

Aber es ist ganz schön kompliziert, einen Job zu finden, der Spaß macht und bei dem man gleichzeitig auch etwas verdient. Ich wollte etwas, wo ich sitzen, am besten währenddessen essen und vielleicht noch die *InStyle* lesen konnte. Gibt's so einen Job? Wenn ja, dann nicht in Hamburg. Hab überall gesucht. Wirklich.

Schließlich habe ich mich als Verkäuferin in einer kleinen Boutique probiert. Lief nicht so gut. Na ja, ich war nicht schlecht. Ich konnte so gut wie jedem etwas andrehen, allerdings hatte ich nach einem Monat ein noch größeres Minus als vorher auf meinem Konto. Warum gab es auch Mitarbeiterrabatt??

Kellnern konnte ich mir auch noch ganz gut vorstellen. Solange man mir nicht fünf Tabletts auf einmal in die Hand drückte, war die Gefahr begrenzt, dass ich Chaos anrichten würde.

Und ich hatte auch schon das perfekte Café dafür in Aussicht. Es war ganz bei mir in der Nähe, in Winterhude, und von einer Freundin hatte ich gehört, dass sie eine Aushilfe für abends suchten.

Ich ging eines Nachmittags nach der Uni einfach mal spontan dort vorbei und stellte mich vor.

«Guten Tag, mein Name ist Allyssa Ullrich. Ich bin hier wegen der freien Stelle, ich wollte mich gerne bei Ihnen vorstellen.»

«Ah, super! Sie kommen wie gerufen, wir haben echt schon ein kleines Problem hier deswegen! Also machen wir's kurz. Wie lang sind Sie schon in Ihrem Beruf?» Der Mann hinter der Theke sah mich erfreut an.

«Oh, äh ... nicht lang, würd ich sagen», antwortete ich wahrheitsgemäß. «Aber ich lerne schnell und gerne dazu!»

«Okay, das kann ich akzeptieren. Was sind denn so Ihre kulinarischen Spezialitäten? Ihre Lieblinge?», fragte er mich.

«Meine Lieblinge? Also ... ähm, ich glaube, ja, das müsste Züricher Geschnetzeltes sein», antwortete ich etwas verunsichert. Würden die das jetzt mit in ihre Speisekarte aufnehmen, wenn ich den Job bekam?

«Aha, und wie bereiten Sie das zu?»

Ich lachte. «Gar nicht. Das gibt's von Maggi aus der Tüte. Ist echt lecker!»

Der Mann sah mich stirnrunzelnd an.

«Das ist ein Witz, oder? Jetzt mal bitte ernsthaft bleiben, wo haben Sie denn kochen gelernt?»

«Kochen? Nirgends! Ich bin eine Niete am Herd. Und am Backofen. Und sogar an der Mikrowelle manchmal. Brot schmieren krieg ich gerade noch hin.»

«Sagen Sie mal, was machen Sie dann hier? Wieso bewerben sich für die Stelle als Köchin!?» Er sah böse aus. War aber 'ne gute Frage von ihm. Warum machte ich das?

Verwirrt und mit einer sehr kleinlaut gemurmelten Entschuldigung verließ ich schnell das Café.

Nach kurzer Recherche hatte ich die Erklärung: Ich hatte das Café verwechselt.

Da ich die Gene meiner Mutter geerbt habe, passierten mir solche Dinge ständig.

Als ich mich schließlich zum richtigen Café durchgefragt hatte, war der Job schon weg.

Ich suchte also weiter. Ein paar Tage darauf fand ich in der *Hamburger Morgenpost* genau das Richtige. «Nette Arbeitsatmosphäre, freundliche Gäste, führender Gastronomiebetrieb in bester Lage» – so wurde der Laden in der Anzeige beschrieben, und sie suchten ab sofort eine neue Bedienung. Ich las sie dreimal durch. Aber ich war mir sicher, sie suchten nach einer *Bedienung*. Nichts wie hin.

Als ich bei der angegebenen Adresse stand, war mir sofort klar, dass ich mich geirrt haben muss. Dies konnte auf keinen Fall der «führende Gastronomiebetrieb» in bester Lage sein. Ich stand vor einer Imbissbude im Stadtteil St. Georg. Einer Currywurstbude, um genau zu sein. Die «beste Lage» stimmte insofern, als sie für den Budenbesitzer die «beste Lage» war, denn dort gab es jede Menge Betrunkene, die die Imbissbude heftig frequentierten, und, ja das stimmte auch, die «Gäste» waren «nett». Sie johlten alle, als sie mich sahen.

Mir hatte vorher leider niemand gesagt, dass die Hamburger es mit ihren Stellenanzeigen genauso handhaben wie mit ihren Wohnungsanzeigen. Eine große Lüge ist besser als das kleinste Stück Wahrheit. Ich kaufte mir 'ne Tüte Pommes und fuhr mit dem Bus wieder heim. Das hatte mich drei Euro gekostet, aber ich war um eine Erfahrung reicher. Nur leider kann ich mit Erfahrungen nicht bei Zara einkaufen gehen. Also, weiter mit der Jobsuche.

Etwas verzweifelt hörte ich mich erneut in meinem Bekanntenkreis um. Eine Freundin erzählte mir von einer Kellnergesellschaft, für die sie arbeitete. Dort konnte man sich die Zeit, in der man arbeiten wollte, selbst aussuchen. Man trug sich ein, wann immer man Zeit und Lust zum Arbeiten hatte, und wurde dann einer Veranstaltung zugeteilt. Theoretisch konnte man auch ohne Unterbrechung 24 Stunden durcharbeiten. Ich weiß aber nicht, ob die Gesellschaft für die Krankenhauskosten nach dem körperlichen Zusammenbruch aufkommt. Ich trug mich jedenfalls für Abendveranstaltungen ein, das behinderte mich in meinem Studium nicht.

Zunächst jedenfalls nicht. Aber wenn man immer erst nachts um drei nach Hause kommt, braucht man ziemlich viel Disziplin, um am nächsten Morgen um acht Uhr wieder aufzustehen. Und eiserne Disziplin, um nicht während der Vorlesung mit dem Kopf vornüberzusinken und laut zu schnarchen.

Aber wer hat behauptet, dass Geldverdienen leicht sei?

Also: Helm auf und durch, sturer Blick aufs Konto, bis die Zahlen wieder schwarz sind.

Die mit dem ankleide-wohn·gäste·wäsche·zimmer

Der Kellnerjob lief zwar ganz gut, aber ich hatte die Hoffnung immer noch nicht aufgegeben, dass es eine Möglichkeit geben musste, Geld zu verdienen, ohne bis zur körperlichen Erschöpfung zu arbeiten.

Und eines Tages hatte ich die Lösung!

Na ja, besser gesagt hatte meine Mutter sie, aber das geb ich nicht gerne zu.

Und genau genommen habe ich es auch nicht meiner Mutter, sondern meiner Großmutter zu verdanken. Der Mutter meiner Mutter. Die hatte nämlich, als sie erfuhr, dass ihre Enkelin als Kellnerin arbeitet und oft erst um drei oder vier Uhr nachts nach Hause kommt, meiner Mutter ziemlichen Stress gemacht.

Aber das wusste ich noch nicht, als meine Mutter eines Tages anrief und so ganz scheinheilig fragte, ob es denn sein müsse, dass ich nachts arbeite.

«Na ja, ich könnte natürlich mein Studium aufgeben, dann hätte ich tagsüber Zeit zum Arbeiten. Ach, halt, nein warte, ich arbeite ja, weil ich Geld fürs Studium brauche.»

«Oh nein! Du arbeitest, weil du Geld für Kleider brauchst. Und für Clubs. Das ist was anderes. Und das fällt nicht in meinen Verantwortungsbereich. Und ich bin auch keine schlechte Mutter, wenn ich dir diesen Luxus nicht bezahle!»

Sie verwirrte mich. «Wie kommst du denn darauf? Wer hat denn das behauptet? Und erhöhst du mein Taschengeld, wenn ich mich dieser Meinung anschließe?»

«Nein. Ich sag ja gerade, das ist nicht gerechtfertigt. Wenn man eine echte Studentin sein will, dann hat man auch Geldnöte. Das gehört dazu.»

«Okay, danke für den Pep Talk, aber sagst du mir jetzt mal, worum es wirklich geht?»

«Ich wollte das nur mit dir klären.»

«Ist geklärt. Sonst noch was?»

«Ja.» Sie holte tief Luft. «Wieso hast du deiner Großmutter erzählt, dass du nachts arbeiten musst?»

«Sie hat gefragt.»

«Das ist noch lange kein Grund, die Wahrheit zu sagen.»

«Lass mich raten: Sie hat dich angerufen, dich dafür verantwortlich gemacht und dir einen Vortrag gehalten?»

«Ja.» Das kam noch trotzig, dann etwas verbindlicher: «Und wie! Ganz freundlich und nett, so nach dem Motto: Ich will mich ja nicht einmischen, und ich meine es nur gut.»

«Hm. Kommt mir irgendwie bekannt vor.»

«Was meinst du denn damit?»

«Nicht wichtig. Was hat sie dir denn aufgetragen? Also, was sollst du jetzt tun?»

«Ich soll dir mehr Geld geben.»

«Und?»

«Was heißt hier ‹und›? Natürlich gebe ich dir nicht mehr Geld. Deiner ‹Armut› liegt ein pädagogisches Konzept zugrunde.»

Na klar. «Und wozu jetzt dieser Anruf? Willst du, dass ich dir die Absolution erteile? Oder soll ich deine Mutter anrufen und sie beruhigen, damit du keinen Ärger mehr kriegst?»

«Nee, bloß nicht. Ich hab ihr versprechen müssen, dass ich dafür sorge, dass du diesen ‹gefährlichen› Job nachts aufgeben wirst.»

«Hach, also doch mehr Geld?»

«Ja, aber nicht von mir. Du musst dafür Einsatz bringen. Einen sehr geringen übrigens, aber es bringt dir ein regelmäßiges Einkommen im Monat.»

Ich wurde misstrauisch, das klang sehr mysteriös.

«Was muss ich tun?»

«Noch ein Zimmer vermieten! Und schon reduziert sich für dich und Stella die Miete!», rief sie stolz und triumphierend.

Ich wollte etwas Spöttisches sagen. Ich wollte etwas Kritisches sagen. Ich wollte sagen, was für eine dumme Idee das war. Aber es war genial!

Nur musste das meine Mutter ja nicht erfahren. Ich brauchte einen Moment, bis ich von meiner spontanen Begeisterung runterkam und in normalem Tonfall sagen konnte: «Hm. Ich denk drüber nach und werd es mit Stella besprechen.»

Als ich aufgelegt hatte, führte ich erst mal einen kleinen Happy Dance auf, dann stürmte ich zu Stella.

Die Idee war im Grunde nicht schlecht, andererseits

mochten wir aber auch unser kleines Extrazimmer. Ursprünglich sollte es unser Ankleidezimmer werden. Dann haben wir umdisponiert, weil wir dachten, aus einem Wohnzimmer ziehen wir mehr Nutzen. Es stellte sich aber raus, dass wir ein Wohnzimmer weder brauchten noch nutzten. Viel logischer erschien uns dann das Konzept eines Gästezimmers. Hm. Auch da wieder das Problem: Wir haben kaum Gäste von außerhalb, und wenn, schlafen sie bei uns mit im Zimmer. Also auch nichts.

Wir nutzten das Zimmer bis dato lediglich als Abstellraum und Wäschezimmer, in dem unsere Kleider trocknen konnten.

Dass es einen Wäschetrockenraum für die Hausbewohner ein Stockwerk höher gab, hatten wir bisher ignoriert. Zwei Schritte über unseren Flur zu gehen war besser, als ein Stockwerk in Richtung Dachboden zu erklimmen.

Da unser drittes Zimmer also weitgehend ungenutzt leer stand, war es rein theoretisch wirklich möglich, es anderweitig zu vermieten, den Weg zum Dachboden in Kauf zu nehmen und somit ein bisschen weniger Miete zu zahlen.

Stella war einverstanden.

Dann mussten wir nur noch einen weiteren Mitbewohner suchen.

Das war auch meiner Mutter klar. Und sie hatte schon den perfekten Deal für uns gemacht. Ihrer Meinung nach.

Bevor wir überhaupt mit der Suche starten konnten,

stand sie vor der Tür und schob stolz Moritz, unseren neuen Mitbewohner, in den Flur.

Ich riss ungläubig die Augen auf und stammelte: «Ist ja nett, danke. Woher kennt ihr euch?» Die Frage richtete sich an den Typ.

Moritz deutete auf meine Mutter und meinte: «Sie hat mich angequatscht.»

Das ist korrekt. Ich hatte ihn in Bremen am Bahnhof kennengelernt und ihn auf meinem Niedersachsen-Ticket mitfahren lassen, weil er auch nach Hamburg wollte. So kamen wir ins Gespräch.

«Er ist aus Bremen und sucht in Hamburg ein Zimmer, weil er nächsten Monat eine Ausbildung anfangen wird», berichtete ich Allyssa stolz.

Allyssa hatte ihren ‹Mom!-Blick› drauf und sagte: «Und da hast du …»

Ich nickte und strahlte. «Schon wieder ein Problem für dich gelöst!», ergänzte ich ihren Satz.

Allyssa starrte mich nur an. Ich wurde ein klein wenig unsicher. Hey, was hat sie denn?

Der Typ ließ seinen Blick durch den Flur schweifen, blieb an Allyssas großem Poster von Audrey Hepburn hängen. Es schien ihm nicht zu gefallen, er verzog ein wenig das Gesicht.

Das wiederum gefiel Allyssa nicht.

«Wo machst du denn deine Ausbildung?», fragte sie ihn.

Gute Frage, darüber hatten wir gar nicht gesprochen. Vielleicht würde er ja Koch lernen. Das wäre perfekt.

«Tattoomania.»

Was?

«Tattoomania …», wiederholte Allyssa und sah mich dabei bedeutungsvoll an. Und um mich noch mehr leiden zu lassen, hakte sie noch einmal nach: «Das heißt, du machst eine Ausbildung zum Tätowierer?»

«Ja, werde nächsten Montag anfangen. Hab echt Glück, dass ich den Platz gekriegt hab», meinte der Kerl fröhlich und grinste.

Ich sah ihn entsetzt an. «Was?! Davon hast du aber vorhin nichts erzählt!» Und an Allyssa gewandt, ergänzte ich: «Er hat von Ausbildung gesprochen, und eine Ausbildung zu machen ist ja was Gutes, und er macht einen ordentlichen Eindruck, und da dachte ich …»

Allyssa ließ mich nicht ausreden.

«Mom, ich …»

Ich wandte mich an den Typ. «Das wird nix mit dem Zimmer. Seit Jahren predige ich meiner Tochter, sie kann sich meinetwegen den Kopf kahl rasieren oder die Haare blau färben, aber sie soll ihrem Körper keine permanenten Schädigungen zufügen wie Tattoos oder Piercings. Da kann ich ihr doch keinen Tätowierer ins Haus schleppen! Du siehst gar nicht danach aus!» Ich konnte es nicht fassen, dass ich ihn so falsch eingeschätzt hatte.

«Oh, ich weiß, das sagen viele. Ich hab meine Tattoos nur an Stellen, die man in der Öffentlichkeit nicht sieht.»

Hilfe. Ich wollte sie nicht sehen und schloss prophylaktisch die Augen. Allyssa interpretierte das falsch, dachte an eine kurz bevorstehende Ohnmacht, schob mich in ihr Zimmer, nötigte mich, mich auf ihr Bett zu legen, und ging wieder in den Flur. Sie entschuldigte sich

bei dem Jungen für die Unannehmlichkeiten und beglei-
tete ihn zur Tür raus.

Die nächste halbe Stunde musste ich meiner Mutter ver-
sichern, dass sie keine schlechte Mutter war. Ich musste mich sehr bemühen, ihr nicht zu sagen, sie solle sich
eben nicht immer einmischen.

Also ging die Suche weiter. Diesmal ohne meine Mutter.

Stella und ich gaben auf die altmodische Art eine Anzeige bei «wggesucht» auf und sortierten auf meine bewährte Weise die Bewerber nach Namen aus.

Ich hatte eigentlich absolut keine Lust, mir wieder
lauter komische Leute angucken zu müssen. Eine Be-
werberin hatte in ihrer Mail gefragt, ob sie ihr Zimmer
schwarz streichen durfte, sie müsse das aus religiösen
Gründen tun. Überraschung: Wir haben sie nicht eingeladen. Genauso wenig wie den Typ, der fragte, ob man
das Zimmer schallisolieren könne.

Wenigstens waren ein paar Leute dabei, die ganz
okay und nicht allzu sehr wie aus einem Tim-Burton-
Film entsprungen schienen. Alle zwanzig Bewerber, die
wir eingeladen hatten, sollten am gleichen Tag zur gleichen Uhrzeit kommen. Das würde die ganze Sucherei
zeitlich für uns extrem abkürzen.

Wir standen also zum vereinbarten Termin im Flur
und begrüßten die ankommenden Leute. Hauptsächlich
Mädels, obwohl wir eigentlich gerne einen Jungen gehabt hätten.

Stella hatte gerade mit der Führung begonnen, als

ein großer dunkelhaariger Typ die Wohnung betrat. Ich erkannte ihn sofort.

«Nico!», rief ich erfreut. Er war ein alter Freund aus der Grundschule, der nach der vierten Klasse mit seiner Familie nach Frankfurt gezogen war. «Was machst du denn hier?» Ich umarmte ihn.

«Ich such ein Zimmer. Du auch?»

«Nein, ich hab eins.»

«Wo?»

«Hier!»

«Du bist die Vermieterin?»

«Ja!», sagte ich stolz. Vermieterin, das klang wie 'ne Beförderung. Ich winkte ihn in die Küche. «Komm rein, du musst unbedingt erzählen. Was gibt's Neues? Wieso bist du in Hamburg?»

«Ich studiere jetzt hier.»

Ich machte uns beiden einen Kaffee, und wir plauderten über alte Zeiten.

Nach einer halben Stunde kam Stella in die Küche, beugte sich zu mir und meinte leise: «Allyssa, wenn du für jeden Bewerber eine halbe Stunde aufwenden willst, sitzen wir bis Mitternacht hier, ich wollte eigentlich noch in die Stadt.»

Oh Mist, die Bewerber! Die hatte ich ganz vergessen. Ich sprang erschrocken auf und lief in den Flur. Unsere gesamte Wohnung war bevölkert mit Zimmersuchenden. Einige hatten sich inzwischen zusammengeschlossen, entweder um Selbsthilfegruppen oder um Fahrgemeinschaften zu bilden, was weiß ich, jedenfalls tauschten sie Handynummern aus. Die meisten standen in unserem zu vermietenden Zimmer rum, aber auch in meinem Zimmer hatten es sich ein paar Leute bequem gemacht. Ein Typ hatte meinen Fernseher eingeschaltet und sich auf mein Bett gefläzt, ein Mädchen saß an meinem Schreibtisch und schrieb gerade aus meiner *InStyle* was ab. Zwei standen auf dem Balkon und rauchten. In Stellas Zimmer bewunderten drei Mädchen Stellas selbst entworfene T-Shirts.

«Mann, sorry Stella.» Ich deutete auf Nico in der Küche und fragte sie: «Wie gefällt er dir?»

«Meinst du als potenzieller Partner oder als Mitbewohner?»

«Mitbewohner. Ich kenn ihn, wir sind alte Freunde», gab ich als Referenz an.

«Wenn du meinst, dass er okay ist, hab ich nichts einzuwenden. Aber du musst das den anderen Leuten beibringen. Ich geh dann jetzt.» Und weg war sie.

Stella war wirklich unproblematisch.

Ich ging zurück zu Nico. «Wann willst du einziehen?»

«Heißt das, ich krieg das Zimmer?»

«Klar, wenn du willst!»

«Kann ich es mir vorher noch kurz anschauen?»

Ach ja, berechtigte Bitte.

«Es ist durch den Flur, geradeaus. Musst nur die anderen Bewerber noch loswerden. Das ist sozusagen dein Aufnahmetest.»

Was soll ich sagen: Nico hat den Test bestanden.

Die mit dem schöner wohnen dank mann

Wenn man mit einem Mann zusammenlebt, ändern sich viele Dinge. Und ich rede jetzt nicht nur von hochgeklappten Klobrillen. Wir stellten fest, dass ein Mann, wenn er Hunger hat, alles isst, was er im Kühlschrank vorfindet. Stella und ich hatten immer ein unausgesprochenes Abkommen, dass wir die Lebensmittel des anderen ignorierten. Nico sah das anders. Wozu einkaufen, wenn der Kühlschrank doch voll ist?

Freundlich darauf hingewiesen, dass wir bei seinem Verbrauch an (unseren!) Lebensmitteln zweimal am Tag einkaufen gehen mussten, meinte er: «Im Ernst, das gehörte dir? Tut mir leid. Ich besorg dir neue Cornflakes. Ach was, was haltet ihr davon, wenn ich für euch koche?»

Wie kann man jemand böse sein, der für einen kocht? Ich schaffte das nicht. Stella schon. Versteht mich nicht falsch. Wir beide mochten Nico total gerne! Nur musste man sich eben an manche Dinge erst einmal gewöhnen.

Wir stellten nämlich außerdem fest, dass Männer mehr schmutzig machen. Allein deren dreifache Menge an Körperhaaren ließ es bei uns aussehen, als hätten wir Teppich. Da Stella und ich nicht gerne putzten, machten wir einfach nichts schmutzig. Aber nun lagen mit einem Mal Teller tagelang in der Spüle, und der festgeklebte Kartoffelbrei wurde eins mit der Schüssel. Darauf angesprochen, griff Nico ohne weiteres Zögern zu Staubsauger, Waschlappen und Spülmittel und brachte alles wieder in Ordnung.

Stella fand das nervig, ich fand es liebenswert. Kann auch daran gelegen haben, dass ich immer an die Miete dachte, die er zahlte, und das weitere Paar Schuhe, das ich mir deshalb leisten konnte. Für neue Kleider war ich bereit, eine Menge Kompromisse einzugehen.

Woran ich auch nichts auszusetzen hatte, war seine Freundin, Charly. Sie lebte ebenfalls in Hamburg und hatte eine eigene Wohnung. Nichtsdestotrotz war sie Dauergast bei uns. Und sie war die perfekte Freundin, die sich jeder Mann wünschte. Neben ihr konnte ich einpacken. Mein Freund Jonas dürfte sie niemals kennenlernen.

Wenn ich am Wochenende morgens in die Küche kam, stand sie bereits am Herd und machte Pfannkuchen, weil das Nicos Lieblingsfrühstück war. Und da normale runde Pfannkuchen ja ihren geliebten Freund nicht genug ehren würden, machte sie immer Pfannkuchen in Form von Herzen. Und wenn man sich zu ihr setzte und sie mit einer Unterhaltung etwas von ihrer Arbeit ablenkte, pfuschte sie, und aus den Herzen wurden missratene Gebilde, die sie Nico nicht anbieten wollte. Also bekam ich sie immer. Und glaubt mir, ich hatte rasch alle Themen raus, mit denen man sie besonders gut ablenken konnte. So bekam ich einmal in der Woche ein Frühstück serviert.

In einem Punkt jedoch überraschte uns Nico: Er legte Wert auf Ambiente. Die Wohnung sollte gut aussehen.

Sehr kritisch beäugte er Stellas und meine Abercrombie & Fitch-Tüten, die wir im Bad an die Wand gehängt hatten. Nicht die halbnackten Männer, die darauf zu sehen waren, störten ihn, sondern die Tatsache, dass wir Einkaufstüten statt Postern an die Wand gehängt hatten. Täglich kam er mit Verbesserungsvorschlägen. Uns gefiel das Bad aber so ganz gut, und wir hatten keine Lust auf große Investitionen in richtige Kunst, also entschieden Stella und ich, dass das Bad so bleiben sollte.

Am nächsten Tag befanden sich lauter schöne schwarze Rahmen um unsere billigen Tüten. Das sah zwar sehr merkwürdig aus, aber wir ließen Nico die Freude. Wenn er sich so wohler fühlte.

Das war allerdings erst der Anfang. Langsam, aber sicher überzog er die Wohnung mit seinen Dekorations- und Verschönerungsbemühungen. Eine schnell wachsende Zimmerpflanze, die ihm seine Oma zum Einzug schenkte, brachte Leben in die Küche. Und nicht nur deshalb, weil wir ständig geduckt am Küchentisch saßen, da die Blätter schneller wuchsen als unsere Küche und sie schon bald die Hälfte des Raumes für sich beanspruchte. Was ich persönlich besonders süß fand, waren die kleinen grauen runden Teppiche, die in unserem Flur auf einmal auftauchten.

«Die tragen zur Gemütlichkeit bei», meinte Nico, als ich ihn darauf ansprach. Stella war da nicht seiner Meinung. Sie fand die Teppiche spießig und färbte sie kurzerhand alle knallpink. Nico schien die veränderte Farbe jedoch gar nicht so richtig aufzufallen, zumindest sagte er nichts, und so waren schließlich alle zufrieden.

Jedenfalls spornte mich das an, auch mein Zimmer etwas zu verschönern. Zum Beispiel mit Pflanzen. Am besten welchen, die aufhörten zu wachsen, bevor sie die Größe eines kleinen Elefanten erreichten.

Die *mit dem*
singenden springbrunnen

Ich geb euch mal einen Tipp: Wenn ihr gerade versucht, euch ein eigenständiges Leben aufzubauen, abgenabelt von zu Hause, erzählt eurer Mutter niemals von irgendwelchen Vorhaben oder eventuellen Problemen in eurem Leben. (Also, nur für den Fall, dass ihr bis jetzt noch nichts aus meinen Fehlern gelernt habt.) Selbst wenn es um die banalsten Dinge geht. Dies gilt insbesondere für diejenigen, die übereifrige Mütter mit einem sehr ausgeprägten Helfersyndrom haben.

Ich hatte dummerweise meiner Mutter von meiner Absicht erzählt, eine Pflanze zu kaufen.

«Ich komme!», rief sie ins Telefon und legte auf. Noch nicht einmal ein Tschüs. So eilig hatte sie es, mir zu Hilfe zu kommen.

Mein leises «Aber ich will doch nur 'ne kleine Topfpflanze für mein Zimmer, das schaff ich auch alleine» hörte sie bereits nicht mehr.

Zwei Stunden später stand meine Mutter vor der Tür und hielt mir ein Buch unter die Nase: «Die ideale Pflanze und ihre richtige Pflege». Mir war nicht klar gewesen, dass sie mit «ich komme» «ich komme jetzt sofort» gemeint hatte.

«Hier steht alles drin, was du über Pflanzen und ihre Pflege wissen musst», erklärte sie mir.

Ein weiteres Buch für mein Regal voller Ratgeber-Bücher, die meine Mutter unermüdlich für mich kauft, die ich noch nie gelesen habe und wahrscheinlich auch nie lesen werde.

Meine Mutter stand voller Tatendrang vor mir. Ich sah sie etwas unschlüssig an.

«Willst du jetzt sofort los?», fragte ich zaghaft.

Sie strömte solchen Eifer und Entschlossenheit aus, dass ich etwas eingeschüchtert war.

«Natürlich! Deshalb bin ich ja auch so schnell gekommen, das Einkaufen dauert bestimmt etwas länger!»

Das tat es meistens, wenn meine Mutter dabei war. Als ich mir meine Schuhe anziehen wollte, fiel mein Blick auf meine Hose. Meine Pyjamahose.

«Ich muss mich noch anziehen!», rief ich erschrocken und stolperte in mein Zimmer zurück.

«Warum denn? Siehst doch süß aus!», rief meine Mutter.

Klar, dass sie das sagt. Sie war schon öfters mit Schlafanzughose und Hausschuhen in der Stadt, beim Friseur oder sogar bei einem der Elternabende in der Schule gewesen. Passierte ihr natürlich immer aus Versehen, aber das schien sie nicht im Geringsten zu stören.

Dazu muss ich kurz was sagen. Es ist nicht so, dass es mich nicht stört. Es stört mich. Sehr sogar. Aber wenn ich beim Friseur sitze und mein Blick zufällig auf meine eigenen Füße fällt, und die stecken erstaunlicherweise in merkwürdigen Hausschuhen statt in schicken Straßenschuhen – was soll ich denn da machen? Hab doch keine Chance, in diesem Moment etwas zu ändern, also ignorier ich's und tu so, als wär das normal. So hab ich schon neue Trends kreiert. Im Ernst. Man muss den «Unfall» nur selbstbewusst genug tragen.

Ich hatte wohl noch nicht genug Selbstsicherheit entwickelt, um in Winnie-Pooh-Boxershorts und Tweety-Tanktop in den Baumarkt zu gehen.

Nachdem ich öffentlichkeitsgerecht bzw. baumarktgerecht angezogen war, fuhren wir zusammen zum Gartencenter und begutachteten die Auswahl an Topfpflanzen. Meine Mutter war hin und her gerissen. Ihr Problem war, dass meine Wohnung für die Vielzahl an Pflanzen, die zur Auswahl standen, viel zu klein war.

Eine Verkäuferin bot ihre Hilfe an.

«Für drinnen oder draußen?»

Meine Mutter riss begeistert die Augen auf. «Genau! Du hast doch einen Balkon! Den bepflanzen wir!»

Sie wandte sich wieder der Verkäuferin zu und rief: «Für draußen! Was kommt denn da in Frage?»

«Na ja, Sie können immergrüne Pflanzen nehmen, welche, die blühen, oder auch Nutzpflanzen, Tomaten oder Zwiebeln zum Beispiel. Kommt darauf an, wie viel Platz Sie haben. Spalierobst ist ganz nett. Wir haben auch kleine Obstbäume im Angebot …»

«Hach! Genial!», rief meine Mutter.

Die Verkäuferin zuckte zusammen und trat einen Schritt zurück. «Obstbäume?», fragte sie vorsichtig.

«Nein», schüttelte meine Mutter den Kopf und wies

auf einen Springbrunnen, der ihr gerade aufgefallen war. Sie drehte sich zu mir. «Was hältst du von einem Springbrunnen?»

«Mom, wenn ich den Springbrunnen aufstellen will, muss das Bett aus meinem Zimmer raus.»

«Nein, für deinen Balkon. Das wär doch echt toll. Hat was Beruhigendes. Und ist bestimmt auch wertvoll fürs Feng-Shui. Oder falls du mal meditieren willst.»

«Glaub mir, ich will nicht meditieren und schon gar nicht auf meinem Balkon. Ich wollte eigentlich nur eine kleine Zimmerpflanze.»

«Aber so ein Springbrunnen ist viel leichter am Leben zu erhalten als eine Pflanze. Und irgendwie viel witziger.»

«Ich brauch nichts Witziges. Und danke, dass du es mir tatsächlich zutraust, einen riesigen geformten Steinklotz ‹am Leben zu erhalten›. Hab gehört, dass das gar nicht so einfach ist bei Springbrunnen. Bitte, ich will einfach nur eine kleine Topfpflanze.»

«Ach, eine Topfpflanze hat jeder, aber so ein Springbrunnen.» Sie wandte sich an die Verkäuferin. «Was können Sie mir über den Springbrunnen erzählen?»

«Ähm», machte die Verkäuferin. «Ich bin nicht ganz sicher, aber ich glaube, Sie brauchen eine Steckdose, er funktioniert mit Strom und … Wasser.»

«Gibt es verschiedene Modelle? Können die noch was anderes außer Wasser sprudeln lassen?»

Ich knuffte meine Mutter in die Seite. «Mom! Was sollen die noch können, was erwartest du? Dass er singt und steppt? Oder eine Ligthshow mit Musik fabriziert?»

Sie sah mich begeistert an. «Das wär doch was.» Sie

wandte sich wieder an die Verkäuferin. «Gibt's so was? Mit Lichteffekten? Das mit dem Singen und Tanzen ist nicht so wichtig.»

Die Verkäuferin sah meine Mutter etwas verunsichert an und meinte: «Ich hol mal eine Kollegin. Vielleicht kann die Ihnen weiterhelfen.» Sie verschwand.

Ich war sicher, sie würde keine Kollegin holen, sondern eine Therapeutin.

«Lass uns gehen, Mom.»

«Aber wieso denn, wir wollten doch eine Pflanze für dich kaufen.»

«Ja, aber mir fällt gerade ein, dass ich Pflanzen überhaupt nicht mag. Und vor singenden Springbrunnen hab ich Angst.»

«Ach was! Und dafür komm ich extra nach Hamburg?»

«Ich brauch noch ein Regal fürs Badezimmer, danach können wir gucken. Und keine Sorge, es gibt ganz bestimmt ein Buch ‹Das ideale Regal und seine richtige Pflege›, das du mir kaufen kannst.»

Also, hier übertreibt sie.

Obwohl, damals, bevor wir den ersten Hund in unsere Familie aufnahmen, hatte ich dreizehn Bücher über Hunde, Hunderassen und Hundeerziehung gekauft und meine Familie gezwungen, sie zu lesen. Na ja, die Mädchen waren noch klein, aber ich bestand darauf, dass sie sich zumindest die Bilder ansahen, bevor wir uns für eine bestimmte Rasse entschieden.

Und als ein weiteres Haustier zur Debatte stand, investierte ich in mehrere Bücher über Zwerghamster und Frettchen. Als wir uns dann doch für einen zweiten Hund entschieden hatten, kaufte ich weitere Hundebücher über Jack Russel, denn das waren inzwischen unsere Lieblingshunde geworden.

Wann immer meine Kinder Interesse an irgendeiner Sache äußern, kaufe ich ein Buch darüber. Oder mehrere.

Okay, wenn ich es mir recht überlege: Sie übertreibt doch nicht.

Die mit dem karottenschälen nachts um vier

Worauf man achten sollte, wenn man seine Töchter wegziehen lässt, ist, dass sie sich einen Freund suchen, der in derselben Stadt wohnt wie man selbst. Das erhöht die Chance, das eigene Kind regelmäßig zu sehen, enorm. Wir waren so schlau: Allyssas Freund ist Bremer. Zwar studiert er in Köln, aber Bremer sind im Allgemeinen sehr anhänglich und kommen regelmäßig nach Hause. Bremen war also der Ort, wo sich Allyssa und Jonas immer trafen.

Und ich genoss es dann, die komplette Familie mal wieder im Haus zu haben, ich hatte keinerlei Probleme, mich umzustellen, es fühlte sich alles an wie immer.

Und ich benahm mich wie immer. Dazu gehört, dass ich nachts wach liege, bis das letzte Kind im Haus ist. Ich würde das natürlich nie zugeben, ich habe mich sogar schon schlafend gestellt, wenn die Kinder nachts ins Schlafzimmer kamen und leise flüsterten: «Mom, bist du noch wach? Ich wollte bloß sagen, ich bin jetzt da, du kannst dich entspannen.»

Auch wenn Allyssa aus Hamburg kam, habe ich das immer so gehalten. Allerdings hatte ich aufgegeben, mich schlafend zu stellen, sondern ich wartete ganz offensichtlich fröhlich vor mich hin und bekam dann auch zur Belohnung die neusten Infos. Nachts um vier, aber bitte.

Ich lag also wieder einmal wach im Bett, es war inzwischen schon vier Uhr. Ich stand auf, ging runter in die Küche, fing an, Karotten zu schälen, um mich wach zu halten. Kind kam nicht. Na ja, sie ist ja weiß Gott alt genug, und ich kenne die Leute, mit denen sie unterwegs ist, und dort, wo sie hingeht, ist alles im grünen Bereich. Die haben wohl echt viel Spaß.

Frühmorgens kam mein Mann in die Küche, wo ich, mittlerweile doch etwas übermüdet, gerade die Schalen der Karotten in Plastikbehälter gepackt und in den Kühlschrank gestellt hatte und dabei war, die klein geschnipselten Karottenstückchen zum Biomüll zu tun.

«Was machst du denn schon so früh in der Küche?»

«Eigentlich ist es für mich nicht früh, sondern eher spät. Ich warte auf Allyssa.»

«Was? Wieso?»

«Na, weil ich das immer tue.»

Mein Mann sah mich entgeistert an: «Allyssa ist in Hamburg! Sie ist gestern Abend nach Hamburg gefahren!

Ach herrje! Wieso sagt mir das keiner?

Das tat mir echt leid. Vielleicht hatte die Flasche Sekt in meiner Hand, die ich von meinem Vater für Hamburg mitgekriegt habe, sie zu der Annahme verleitet, ich würde feiern gehen. Den Koffer in der anderen Hand hatte sie entweder übersehen, oder sie hatte gedacht, ich hätte vor, mehrmals an diesem Abend mein Outfit zu wechseln.

Das funktioniert übrigens auch andersherum, also nicht nur ich warte vergeblich auf Allyssa, sondern sie auch auf mich.

Anruf von Allyssa. «Mom! Wo bleibst du?»

«Wie, wo bleibe ich?»

«Ich sitze hier schon seit einer halben Stunde und warte auf dich.»

«Wo? Wieso wartest du auf mich? Aber egal, ich komme natürlich. Ich muss sehen, wann der nächste Zug fährt.»

«Zug? Mom! Ich bin in Bremen.»

«Oh.»

Teufel auch. Stimmt. Sie wollte eigentlich gestern Abend nach Hamburg fahren, hatte sich dann aber anders entschieden und bei ihrem Freund übernachtet. In Bremen. Ich sollte sie heute früh dort abholen, wir wollten zusammen noch einen Kaffee in der Stadt trinken, und anschließend wollte sie nach Hamburg fahren.

Ich hatte mich innerlich so sehr darauf eingestellt, dass sie nicht mehr in Bremen ist, dass ich auch alle Verabredungen vergaß. Jetzt stellte sich mir nicht mehr die Frage: »Bin ich eine schlechte Mutter?», sondern nur noch: »*Wie* schlecht bin ich?»

Wie kann man sein Kind vergessen?!

Ich kann das erklären.

Normalerweise kommt mein Leben zu einem kompletten Stillstand, wenn Allyssa uns besucht. Ich sage alle Verabredungen ab und höre auf zu arbeiten. Lungere tatenlos vor meinem Computer herum, um jedes Mal aufzuspringen, wenn Allyssa ihr Zimmer verlässt und in die Küche geht. Dann laufe ich sofort hinterher und frage: «Kann ich was für dich tun?» Ich versuche, sie in ein Gespräch zu verwickeln, um möglichst viel Zeit mit ihr zu verbringen. Natürlich würde ich das nie zugeben, ich mache das so ganz nebenbei. Allyssa muss inzwischen das Gefühl haben, ihre Mutter chillt bloß den ganzen Tag, weil ich stets für sie Zeit habe. Wenn sie mich mal fragt: «Musst du nicht arbeiten?», ist das für mich der Auslöser, sofort so zu tun, als sei ich beschäftigt, und manchmal stöhne ich sogar ein wenig über zu viel Arbeit, aber das ist nicht sehr überzeugend, wenn auf dem PC-Bildschirm bloß die Startseite zu sehen ist, weil ich ihn ja nur pro forma anschalte.

Am Tag nach ihrer Abreise muss ich dann all das Versäumte nachholen und bin entsprechend beschäftigt. Und in diesem Fall hatte ich mich bereits auf meinen großen Aufarbeitungs-Kampftag eingestellt und entsprechend in Arbeit gestürzt. Und wenn ich arbeite, vergesse ich, dass draußen noch Leben stattfindet. Das als Erklärung.

Die *mit dem* kiez-ausflug mit hindernissen

Also, worauf ich mich nach meinem Umzug am meisten gefreut hatte, war das Feiern in Hamburg. Ich liebte Bremen, aber leider war die Auswahl an Clubs dort nicht sehr groß. Es war immer das Gleiche: 90 Prozent der Leute, an denen ich mich an der Bar vorbeidrängeln musste, kannte ich seit Ewigkeiten. Und die Musik in den meisten Clubs in Bremen klang, als würde der DJ einfach die aktuellen *Bravo*-Hits in den CD-Player schmeißen. Und zwischendurch rief er so was Aufregendes wie «Partypeople, ich will eure Hände sehen!» ins Mikro. Richtig wild, ich sag's euch.

Aber jetzt, in Hamburg – the real thing! Neue Leute, gute DJs, ich war begeistert.

Als ich mich das erste Mal auf den Kiez traute, war ich natürlich in Begleitung meiner neuen Hamburger Freunde, Florence und Mimi. Die wussten, wo es die besten Clubs gab und wie man reinkam.

Denn in Hamburg war das nicht ganz so einfach wie in Bremen. Nur weil du über 18 bist, heißt das noch lange nicht, dass du in jeden Club reinkannst. Einige waren erst ab 21, und für viele musst du entsprechend gekleidet sein. Das heißt nicht immer unbedingt schick oder elegant im Cocktaildress. Ich wünschte, es wäre so. Darauf kann man sich einstellen. Es gibt aber auch welche, da kommst du nur rein, wenn du ein möglichst kurzes Krankenschwesteroutfit trägst oder deine Hip-Hopper-Sachen aus dem Schrank holst und mit möglichst viel Bling Bling um den Hals auf die Tür zuschreitest. Aber weder das eine noch das andere gehörte bislang zu meiner Standard-Kleiderausrüstung. Und bei meinem knappen Budget war ich auch nicht gewillt, darin zu investieren. Es musste doch auch Clubs für Verkleidungsunbegabte geben.

Wir stöckelten auf die Türsteher des ersten «In-Clubs» zu. Na ja, Florence und Mimi, meine zwei neuen Hamburger Freundinnen, stöckelten, ich hatte bequeme flache Ballerinas an.

Der Türsteher musterte mich. «Sorry, heute nicht.»

Er wandte sich an die Nächsten hinter uns. Die beiden durften rein.

Ich wollte mich empört beschweren, doch Mimi und Flo zogen mich aus der Schlange heraus zur Seite.

Flo musterte mich, sah Mimi an und fragte: «Hast du 'ne Idee, wo das Problem liegt?»

Ich sah Florence entsetzt an. «Was ist es? Meine Ballerinas? Hätte ich hohe Schuhe anziehen sollen?» Sah man mir an, dass ich keine Hamburgerin war? Wirkte ich provinziell?

«Mach dir keinen Stress», versuchte Mimi, mich zu beruhigen.

«Ich hätte High Heels anziehen sollen, es waren bestimmt die Ballerinas», beharrte ich.

Flo, die die Mädels, die vom Türsteher grünes Licht

bekamen, aufmerksam beobachtete, winkte ab: «Nein, daran lag es nicht. Ich glaube auch nicht, dass es an dir lag.»

Das beruhigte mich etwas. «Okay, dann gehen wir eben woandershin», schlug ich vor, als mein Selbstbewusstsein wieder etwas auf der Höhe war.

«Nicht unbedingt. Wir müssen nur rausfinden, worauf sie heute Abend achten. Was der entscheidende Punkt ist», klärte mich Mimi auf.

Flo sah fröhlicher aus als vorher. Die Situation schien ihr Spaß zu machen.

«Was meinst du mit entscheidendem Punkt?» Ich war verwirrt.

«Das machen die Türsteher bei diesem Laden manchmal so. Machen sich einen totalen Spaß draus, an manchen Abenden nur Brünette reinzulassen oder nur Menschen mit blauen Augen oder nur welche, die Zebraprint tragen», sagte Flo.

«Okay? Und das bedeutet jetzt …?»

«Wir werden sie noch eine Weile beobachten. Dann müssten wir eigentlich rausfinden können, was es heute Abend ist.»

Ich sah Mimi hilfesuchend an.

«Flo liebt es, den Code zu knacken. Sie ist echt gut darin.»

Ich war nicht sehr begeistert. Ich hatte mich darauf gefreut, endlich mal in einen richtig guten Club zu gehen, wo ich niemand kannte und wo der DJ mehr konnte, als den CD-Player zu bedienen. Und jetzt stand ich hier und musste rauskriegen, was das geheime Eintrittsmerkmal ist? Hatte ich mir etwas anders vorgestellt.

«Ha! Ich hab's! Sie lassen nur Rothaarige rein!», rief Flo triumphierend und zeigte auf eine große Frau, die grad im Club verschwand. «Ich hab schon vier gesehen, alle sind reingekommen!»

«Rote Haare krieg ich auf die Schnelle aber jetzt nicht hin!», warf ich ein.

«Nein, ich hab schon fünf Blonde reingehen sehen. Das kann's nicht sein.» Mimi schüttelte den Kopf.

Flo ließ enttäuscht den Finger wieder sinken.

Nun hatte auch mich der Ehrgeiz gepackt. Ich beobachtete die Schlange.

«Hey, kann es auch sein, dass manchmal nur Leute, die eine bestimmte Farbe tragen, reingelassen werden? Die zwei Mädels da eben hatten beide rote Tops an. Die eine, die jetzt grad reingeht, hat rote Schuhe an.» Ich drehte mich zu den beiden um. «Kann das sein?»

«Du hast recht. Tatsächlich alle, die etwas Rotes an sich haben. Oh perfekt, das ist gar nicht so schwer!» Mimi umarmte mich glücklich.

Na ja, die Einschätzung «gar nicht so schwer» war etwas zu voreilig gewesen. Keiner von uns hatte etwas Rotes dabei, noch nicht mal roten Lippenstift.

Dann mussten wir mal eben auf dem Kiez was finden. Wir sahen uns um. Mimi entdeckte einen betrunkenen Touristen mit roter Cap, auf der das Hamburg-Wappen prangte. Nach kurzer Verhandlung hatte sie es ihm abgekauft. Der Typ dachte wohl, er habe heute eine Glückssträhne, und bot mir sein rotes T-Shirt zum Kauf an. Ebenfalls mit dem Hamburger Tor verziert. Ich verzichtete, denn ich hatte inzwischen eine rote Absperrkordel vor einem Lokal entdeckt, die sich perfekt als Gürtel eignen würde. Meine Verhandlungen mit dem Türsteher dort waren aber leider weniger erfolgreich, die Kordel schien ihnen wichtig zu sein. Na ja, aber die Idee mit einem roten Gürtel hatte sich festgesetzt. Ich ging zu einem Imbissstand, an dem rote Servietten lagen. Mimi und Flo folgten mir.

«Kann ich ein paar von den Servietten haben?»

«Wofür?»

«Als Gürtel.»

«Wie soll denn das gehen?»

Ich demonstrierte es. Ich nahm ein paar von den roten Servietten, faltete sie auseinander, rollte sie wieder fest zusammen, verknotete sie miteinander und band mir das Gebilde um die Taille.

Sie schüttelte ungläubig den Kopf.

«Ich zahl sie auch, wenn Sie wollen», bot ich an.

«Nee, lass man, schon okay.»

Flo hatte ihre Augen starr auf eine Ketchupflasche gerichtet, zog ihren Haarreif aus, der mit weißem Stoff bezogen war, und sah ihn abwägend an. Dann hatte sie ihren Entschluss gefasst, griff nach der Ketchupflasche und färbte ihren Haarreifen großzügig mit Ketchup ein und steckte ihn wieder ins Haar.

Die Dame hinter der Imbissbude schnappte nach Luft, nahm aber dann die angebotenen 50 Cent an.

Wir waren bereit.

Als wir wieder vor dem Türsteher standen, deuteten wir auf unsere roten Utensilien, er grinste und winkte uns rein.

Ich war außer mir vor Freude.

Wir gaben unsere Jacken ab, ich entfernte meinen

Serviettengürtel und Mimi setzte ihre Cap ab. Flo behielt ihren Ketchup-Haarreifen auf.

«Wer weiß, vielleicht locke ich mit dem Geruch ja Kerle an! Die stehen doch auf Ketchup und Essensgeruch!», meinte sie, als wär das ganz selbstverständlich und jeder von uns würde sich mal abends etwas Ketchup ins Haar schmieren oder einen Burger um den Hals hängen. Na ja, wenn das echt klappte, war das eine ganz neue Produktpalette für alle Parfümhersteller.

Als ich mich im Club umsah, fiel mir auf, wie viel größer er war als alle Clubs, die ich bis dahin gesehen hatte. Ich war begeistert. Das war wirklich anders als in Bremen.

«Hey, Allyssa!», hörte ich es auf einmal hinter mir rufen. Ich drehte mich um. An der Bar neben uns standen Leute aus der Uni. Na so was, das ist ja ein Zufall. Geh ich zum ersten Mal in Hamburg weg und treffe gleich Leute, die ich kenne.

Wir sagten kurz hallo, länger bei ihnen stehen wollte ich aber nicht. Es ging mir schließlich darum, nicht dauernd mit den gleichen Leuten rumzuhängen. Zwei Schritte in Richtung Tanzfläche hatten wir getan, als das nächste Hallo gerufen wurde. Zwei Mädchen aus meinem Semester begrüßten mich und meinten, ich müsste zu ihnen an den Tisch kommen, ein paar Jungs aus unserem Kurs wären auch da. Na super. So viel zu neuen Leuten.

Das war ja wie in Bremen.

Ich versprach, später mal vorbeizukommen, und zog mit Mimi und Flo auf die Tanzfläche. Die Musik war endlich mal so gut, dass man auch echt Spaß am Tanzen hatte. Das war nun wirklich ganz anders als in Bremen.

Dachte ich. Ich hatte mich zu früh gefreut. Ihr dürft raten: Gerade kam ein richtig gutes Lied, als der DJ die Musik kurz runterdrehte und ins Mikro rief: «Party-people, ich will eure Hände sehen!»

Ich fühlte mich wie daheim.

Die *mit der tollen deko*

Jeder, der eine Fernbeziehung führt, kennt das Problem: Man will den anderen am täglichen Leben teilhaben lassen, gibt daher einen minutiösen Abriss der Erlebnisse am Telefon durch und versichert jedes Mal: «Wenn du kommst, müssen wir da unbedingt zusammen hin», oder: «Das muss ich dir beim nächsten Mal dringend zeigen», oder: «Die Leute musst du einfach kennenlernen». Außerdem möchte man «seine» Stadt von ihrer besten Seite zeigen, und die muss ich bei Hamburg teilweise ja leider auch erst noch kennenlernen. Also nerve ich ständig alle mit Fragen nach typischen Aktivitäten und Gastronomie-Geheimtipps.

«Und dann waren wir in einem total altmodischen Kaffeehaus in Rotherbaum! Das war bis jetzt mein bester Cappuccino hier!», sagte Stella.

«Ich brauch Name und Adresse!», rief ich sofort.

«‹Café Leonar› im Grindelhof», sagte Stella.

Wieder etwas, wo ich mit Jonas hingehen könnte.

«Du weißt schon, dass dein Freund nur anderthalb Tage hier ist und ein Tag nur 24 Stunden hat? Durch bloßes Wunschdenken wird der nicht länger.» Grinsend reichte sie mir meinen Zettel. «Für das, was du vorhast, bräuchte man mindestens zwei 40-Stunden-Tage.»

Ich blickte auf meinen Zettel und runzelte die Stirn. Die Liste war inzwischen ziemlich lang geworden, da hatte sie recht. Seit Jonas mir vor zwei Wochen mitgeteilt hatte, dass er übers Wochenende nach Hamburg kommen würde, hatte ich begonnen, jedes Café, Restaurant und Geschäft, an dem ich vorbeikam und das mir sympathisch erschien, aufzuschreiben, um mit ihm gemeinsam hinzugehen. Natürlich waren auch noch eine Alsterfahrt, eine Sightseeingtour mit dem Bus und ein Hafencity-Rundgang geplant. Ich wollte ihm außerdem die Speicherstadt und die Landungsbrücken zeigen.

«Na ja, wir können dann halt nicht ausschlafen», meinte ich ganz lässig. Die Wahrheit war, dass wir wahrscheinlich komplett aufs Schlafen verzichten mussten, aber das wollte ich vor Stella nicht zugeben.

Als er einen Tag später am Bahnhof ankam, wartete ich bereits ungeduldig am Gleis auf ihn.

«Hey, wie schön dich zu sehen! Die Zugfahrt war ein Albtraum, der ganze Wagen war voller betrunkener Fußballfans.» Mit diesen Worten fiel er mir erschöpft um den Hals.

«Oh, das kenn ich! Immer, wenn der HSV spielt, ist das so! Da musst du einfach mitmachen, dann stört's dich nicht so sehr, und es kann auch ganz lustig sein», meinte ich aufmunternd.

Er sah mich irritiert an. «Okay, ich tu einfach mal so, als hätte ich nicht grad gehört, dass meine Freundin aus Bremen, der *Werder*-Stadt, mit HSV-Fans im Zug immer Bier trinkt und Hamburg-Lieder singt.»

«Singen tu ich nicht», verteidigte ich mich.

Was fand er so schlimm daran? Dass es Fans einer gegnerischen Fußballmannschaft waren oder dass ich Bier trank?

Ohne lange zu zögern, kam ich gleich zum wichtigsten Punkt. «Joni, ich hab schon alles geplant! Wir gehen jetzt erst mal zum Blockhouse, Steak essen. Dann zeig ich dir ein paar Läden, in denen man super einkaufen kann, anschließend gehen wir zu einem Sandwichshop, dann geht's zum Cupcakeessen nach Eppendorf, Kaffeetrinken an der Alster passt danach ganz gut, weil wir von dort im Anschluss eine Alsterrundfahrt machen können. Und heute Abend gehen wir zu einem total leckeren Italiener in Winterhude und danach ins Zwick, 'ne etwas ranzige Bar, aber sie ist ganz cool.»

Ich strahlte ihn an.

Er strahlte aber leider nicht zurück.

«Oh, okay. Also … eigentlich hab ich grad im Zug schon ausgiebig gegessen.»

Ich sah ihn entsetzt an.

«Aber ich bin nicht richtig satt geworden!», fügte er schnell hinzu und nahm mich in den Arm. «Hab schon die ganze Zeit gedacht: Mann, wär das toll, wenn wir als Erstes in Hamburg ein Steak essen gehen würden.»

«Danke», sagte ich und schmiegte mich an ihn. «Du kannst dir ja auch den Rest vom Steak einpacken lassen, wenn du es nicht schaffst.»

Jonas nahm mein Angebot an, und zwar schon gleich bei der Bestellung. «Mein Steak hätte ich gerne medium rare, und packen Sie es mir gleich zum Mitnehmen ein.»

Ich sah ihn vorwurfsvoll an, er nahm sofort ein Stück

Knoblauchbrot, und um mich abzulenken, meinte er: «Probier mal, das ist echt lecker.» Mit Essen kriegt man mich jederzeit, das Brot war köstlich.

Mit einem Steak in der Tüte verließen wir das Restaurant.

Dann war die «Hamburg hat so schicke Läden»-Tour dran. Leider konnten wir beide nichts kaufen, unser Studentenbudget gab Spontaneinkäufe einfach nicht her. Trotzdem marschierten wir weiter, schließlich hatte ich ja sehr viel Zeit für meine Recherche aufgewendet – und die Läden waren wirklich toll.

«Sag mal, Allyssa, nachdem wir jetzt ausgiebig all die Dinge angesehen haben, die wir uns nicht leisten können, könnten wir uns doch irgendwo hinsetzen? Mir tut die Schulter ziemlich weh», schlug Jonas nach zwei Stunden vor.

«Warum schleppst du auch diese große Tasche mit dir rum? Die sieht ziemlich schwer aus.»

«Weil eine gewisse Person es so extrem eilig hatte, dass sie mir nicht einmal gestattet hat, kurz bei ihr zu Hause meine Tasche abzustellen.»

Ups.

«Weißt du was, mir ist auch nach Hinsetzen! Zwei Straßen weiter ist der Sandwichladen!» Ich lächelte ihn gewinnend an und hoffte, das würde genügen, um ihn wieder friedfertig zu stimmen. Tat es.

«Wenn du einlädst, bin ich dabei», sagte er.

Blöder Nebeneffekt der ganzen Frauenemanzipation: Der Mann zahlt nicht mehr alles für die Frau an seiner Seite.

Kurze Zeit später saßen wir also vor den Sandwiches. Jonas fand sie zum Glück total lecker, das stellte er schon nach dem ersten Bissen fest. Nach dem zweiten Biss meinte er: «Also, das Sandwich ist so gut, das hebe ich mir auf, für später.»

«Für später, wenn du wirklich Hunger hast?», fragte ich.

Er nickte.

Ich grinste ihn erleichtert an: «Ich lass mir meins auch einpacken. »

Gut, Sandwiches eingepackt, zweite Tüte in der Hand. Ohne viel Zwischenstopps gingen wir zum nächsten Punkt auf meiner Liste. Happy Kappy.

«Die sind total toll, man kann sie sich ganz individuell zusammenstellen lassen, fast so gut wie amerikanische Cupcakes!»

Er nickte. Ich hatte das Gefühl, es war nicht die Aussicht auf superleckere Cupcakes, die ihn nicken ließ, sondern seine Liebe zu mir.

Wir bestellten unsere Cupcakes, beschlossen, sie später zu essen (Tüte Nummer drei) und machten uns auf den Weg zu meinem nächsten Ziel.

Ein kleines Café direkt am Jungfernstieg, man hat eine schöne Aussicht auf die Alster, und von hier aus starteten auch die Boote für die Alsterrundfahrt. Wenn das jetzt nicht mal gut geplant war. Wir tranken Kaffee und blickten aufs Wasser, als mir auffiel, wie viele Boote heute unterwegs waren. Alle wollten das gute Wetter ausnutzen und etwas Sonne auf dem Wasser abbekommen. Es war bilderbuchmäßig schön. Ich war sehr stolz auf Hamburg.

«Sag mal, diese Alsterrundfahrt, wann legt das Schiff ab?», fragte Jonas plötzlich und riss mich aus meinen Gedanken.

«Immer um Punkt. Warum?» Ich schloss die Augen und genoss die warmen Sonnenstrahlen auf meinem Gesicht.

«Es ist Punkt.»

Waaaaas?

Ich sprang auf, ohne nachzudenken, und stürmte auf das Boot zu, das schon zur Abfahrt bereit stand. «Schnell, das schaffen wir noch! Das ist die letzte Rundfahrt für heute, die müssen wir kriegen!», rief ich Jonas zu.

Obwohl er später gestartet war, hatte er mich mit Reisetasche und Essenstüten im Arm innerhalb kürzester Zeit überholt.

Geschafft! Wir setzten uns in die letzte Reihe, und das Boot legte ab. Wir tuckerten langsam in Richtung Außenalster, als mein Blick auf das Café fiel, wo wir eben noch gesessen hatten. Eine Bedienung war gerade dabei, unsere Tassen abzuräumen.

«Wir haben gar nicht bezahlt!», rief ich erschrocken und sprang auf. «Wir müssen zurück.»

«Das ist mir auch grad aufgefallen. Aber wenn du nicht vorhast, zum Café zu schwimmen, würde ich sagen, du setzt dich wieder hin. Jetzt ist es eh zu spät.» Jonas zog mich zu sich auf die Bank und hielt mich fest. Er kannte mich, ich hatte ein derart schlechtes Gewissen, dass ich tatsächlich Schwimmen in Erwägung zog. «Wir gehen nachher nochmal hin und zahlen, okay?»

O Mann, das kam also dabei raus, wenn ich in Eile war: Verbrechen. Na gut, wir würden das wieder in Ordnung bringen. Nun versuchte ich, erst mal die Fahrt auf der Alster zu genießen. Ich lehnte mich zurück und entspannte mich. Auch Jonas atmete tief durch und schien sehr dankbar für die Erholung.

Knapp zwei Stunden später wachten wir wieder auf, als der Kapitän uns sanft rüttelte. Ich blickte verschlafen um mich und wusste zuerst gar nicht, wo wir waren.

«Tut mir sehr leid, ihr zwei, aber wir sind nun wieder da. Ihr müsstet aussteigen», sagte er mit starkem Hamburger Akzent.

Hatten wir etwa die komplette Bootstour verschlafen? Ich hatte nichts mitgekriegt außer «Moin, moin allesamt. Willkommen an Bord!», danach war ich weg gewesen. Die Wirkung des halben Kaffees, den wir zurückgelassen hatten, fehlte mir anscheinend. Und der Schlaf war nicht so erholsam, wie wir es gebraucht hätten.

Vollkommen gerädert gingen wir von Bord. Ich sah Jonas zum fünften Mal an diesem Tag entschuldigend an, und mir wurde allmählich klar, dass ich mir wirklich etwas zu viel vorgenommen hatte.

«Sag mal, hast du immer noch deine Wohnung hier? Oder soll die ganze Tour davon ablenken, dass du inzwischen obdachlos bist?», fragte Jonas.

«Haha! Natürlich gibt's die noch.»

«Die würde ich wahnsinnig gerne mal sehen.»

«Du willst dich ausruhen?»

«Was hat mich verraten?»

Ich grinste. «Schon okay. Bei deiner Kondition ist es vielleicht wirklich gut, wenn du dich ausruhst. Und für heute Abend ist ja auch noch einiges geplant!»

In seinen Augen flackerte Panik auf.

«Keine Sorge, Abendessen und Kneipe, das ist alles», beruhigte ich ihn.

«Das schaff ich», meinte er tapfer.

Wir gingen noch kurz ins Café zurück und zahlten unsere beiden Kaffees. Die Kellnerin sah ziemlich verblüfft aus, aber mein Gewissen war wieder beruhigt.

Auf dem Weg nach Hause stoppten wir bei dem Inder, bei dem ich mir immer Chicken Madras holte. Das wollte ich Jonas auf gar keinen Fall vorenthalten. Der Inder packte uns die zwei Reisboxen in eine Tüte und überreichte sie Jonas.

Als wir draußen waren, hob Jonas die vier Tüten in die Höhe und fragte mich: «Wann wollen wir das eigentlich alles essen?»

«Och, wir haben ja noch ein bisschen Zeit, bevor wir zum Italiener nach Winterhude gehen», beruhigte ich ihn.

«Also, bevor wir essen gehen, essen wir erst noch was?»

«So wie du das jetzt sagst, klingt das merkwürdig.»

«Es ist merkwürdig.»

«Beschwer dich nicht.»

Endlich waren wir in meiner Wohnung.

«Hey, ihr wart shoppen», begrüßte uns Stella und zeigte auf die vier Tüten in Jonas' Hand.

«Ja, wir haben jede Menge Essen eingekauft», grinste Jonas.

«Wozu denn das? Ich denke, Allyssa kocht für dich Porreesuppe! Sie hat Rezepte gewälzt und eingekauft wie verrückt!»

Shit! Genau! Das hatte ich ja auch noch vor!

Jonas lachte laut, nahm mich in den Arm und küsste mich: «Du gibst dir wirklich viel Mühe.»

«O Mann, die Porreesuppe hab ich komplett vergessen», rief ich verzweifelt.

Er stellte die Tüten auf dem Küchentisch ab, und ich versuchte, scharf nachzudenken.

Im Kühlschrank warteten Zutaten für eine komplette Mahlzeit. Auf dem Tisch standen vier Tüten mit leckerem Rest-Essen. Und in Winterhude hatten wir eine Reservierung für ein Abendessen. Was tun?

Ich ließ mich deprimiert auf einen Küchenstuhl sinken.

«Hey, Leute!»

Nico war in dem Moment zur Tür hereingekommen und sah sich die Berge an Essen in der Küche an.

«Cool, bekommt ihr Gäste heute Abend?», fragte er mich.

«Nein», antwortete ich mürrisch. Irgendwie lief das alles nicht so, wie ich es erhofft hatte.

Jonas beugte sich zu mir und tröstete mich: «Weißt du was? Dem Italiener sagen wir ab, die Tüten mit dem Essen stellen wir in den Kühlschrank, und jetzt machen wir deine Porreesuppe. Und dann essen wir alle zusammen!» Er sah Nico und Stella fragend an.

Die beiden waren sofort dabei. Und kurze Zeit später waren die Arbeitsflächen in unserer Küche belegt. Stella schnitt Zwiebeln und den Porree, Jonas würzte das Hackfleisch und Nico kochte die Brühe. Nur ich saß dumm daneben.

«Was kann ich machen? Habt ihr überhaupt das Rezept? Lasst mich mal lieber helfen!» Ich stand auf und versuchte, mich zwischen Nico und Jonas zu drängen, als Nico mir den Weg mit dem Kochlöffel versperrte. Jonas drehte sich ebenfalls zu mir um, machte aber auch keine Anstalten, Platz zu machen.

«Allyssa, setz du dich einfach hin und lass dich bekochen. Wir machen das gerne für dich!», versicherte er mir.

«Aber Stella darf auch mithelfen!», sagte ich beleidigt.

«Ich schneide lediglich Gemüse. Das ist kein Kochen! », meinte Stella.

«Ich will aber auch was tun!»

«Du kannst den Tisch decken!», rief Nico mir über die Schulter zu, und Jonas nickte begeistert.

Den Tisch decken? Wie lahm ist das denn? Eine Aufgabe für Kleinkinder. Es sei denn … Hach! Ich würde den Tisch so gut wie noch nie decken!

Ich dachte nach. Das Thema des Abends war Hamburg. Und Jonas. Und all die Orte, die ich ihm zeigen wollte. Also breitete ich einen Stadtplan von Hamburg auf dem Tisch aus, nahm Zahnstocher, klebte ans obere Ende kleine Herzchen, steckte das untere Ende in Marshmallows und platzierte sie genau an den Stellen auf dem Stadtplan, wo sich die Cafés und Läden befanden.

Es sah toll aus. Das bestätigten auch die anderen, als wir uns eine Dreiviertelstunde später gemütlich an unseren kleinen Esstisch setzten.

Allerdings fanden sie meine Tischdeko nicht mehr so genial, als ich darauf bestand, die Teller nicht auf den Tisch zu stellen, sondern in der Hand zu halten, weil ich vermeiden wollte, dass mein Stadtplan schmutzig wird.

Die *mit dem besuch auf hoher see*

Am nächsten Morgen wurde ich von der Sonne geweckt, die mir durch die Jalousien mitten ins Gesicht strahlte. Konnte die nicht später aufgehen? Ich hatte den Wecker auf acht Uhr gestellt, es war unnormal hell für diese Tageszeit.

Nein, war es nicht. Ich sah auf meinen Wecker und musste feststellen, dass es schon halb elf war. Warum hatte der Wecker nicht geklingelt? Jetzt hatten wir viel zu viel Zeit verloren! Und wo war Jonas?

Ich stand auf und tapste auf den Flur. Niemand da. Ich ging in die Küche. Auch keiner. Letzte Möglichkeit war das Bad. Niemand da.

Sehr merkwürdig. Konnte es sein, dass ich ihn mit meiner Tour gestern so verschreckt hatte, dass er heut Morgen heimlich wieder abgereist war? War ihm das zuzutrauen? Da hörte ich Stimmen aus Nicos Zimmer. Männliche Stimmen. Ich trat näher, lehnte mich an die Tür und lauschte. Die Stimme klang nicht nur männlich, sie klang nach Jonas. Ich riss die Tür auf.

«Joni! Was zum Teufel machst du bei Nico, und warum hast du mich nicht geweckt? Wir haben heute ziemlich viel vor!», rief ich anklagend.

Die zwei Jungs drehten sich um. Jeder von ihnen hatte einen Controller von der Playstation in der Hand, und auf dem Fernseher waren Fußballer zu sehen.

«Du hast so tief und friedlich geschlafen», sagte Jonas, während er mit den Augen schon wieder beim Spiel war, «also hab ich den Wecker ausgemacht.»

«Aha. Und hast du das aus Liebe zu mir oder aus Liebe zu *dir* gemacht?»

Jonas drehte sich wieder zu mir und grinste. «Ich dachte, es tut uns beiden gut, wenn du schläfst. In der Küche hab ich Nico getroffen, und er meinte, er hätte das neue Fifa …»

Ich war empört.

Nico mischte sich ein: «Sei nicht sauer, Lys! Keine Sorge, ich hab noch einen Controller. Kannst mitspielen!»

Pfff. Als wär das mein Problem.

«Danke, Nico, aber ich geh jetzt duschen, und dann müssen Joni und ich los. Um zwei wollen wir Caro und Katha im Vapiano treffen, dann steht die Sightseeingtour mit dem Bus auf dem Plan, und anschließend geht's in die Schanze zum ‹BeachClub›.»

Jonas und Nico hörten gar nicht zu.

Ihre Augen waren wieder auf den Bildschirm gerichtet, ich war vergessen. Männer und Fußball war ein Phänomen, das ich nie verstehen würde.

Ich duschte in Windeseile, zog mich an, und mit noch nassen Haaren trat ich ungeduldig in Nicos Zimmer.

Als die beiden ihr Spiel beendet hatten, legte Jonas seinen Controller zur Seite und sah mich an.

«Hey, da bist du ja endlich. Nico hat von einem tollen Restaurant in Winterhude erzählt: ‹Drei Tageszei-ten›, perfekte Brunch-Location. Ich hab einen Tisch be-stellt.»

Ich war irritiert. «Drei Tageszeiten» war eine gute Wahl. Wieso war ich da nicht selbst draufgekommen? Und war es Besuchern überhaupt erlaubt, ihren eigenen Aufenthalt zu planen?

Ich entschied: ja. Nach dem Brunch konnten wir ja dann mit meinem Plan weitermachen.

Jonas holte seinen Rucksack, und wir machten uns auf den Weg nach Winterhude.

Er bestellte sich Eier mit Bacon, ich bestellte mir Pan-cakes, weil die hier echt super waren. Als sein Essen kam, stellte ich fest, dass ich eigentlich auch Lust auf Eier mit Bacon hatte. Nach zwei Pancakes schob ich meinen Tel-ler etwas von mir weg und sagte vorsichtig: «Joni?»

Jonas sah mich an und stöhnte leicht. «Du willst tau-schen, stimmt's?»

Ich nickte und griff nach seinem Teller,

«Ich hab aber noch kaum was gegessen», sagte er, während er bedauernd seinem Teller hinterhersah.

Ich schob ihm schnell meinen hin und meinte: «Macht nix, fang mal mit den Pancakes an, ich lass dir was über.»

Während ich mich mit Heißhunger auf Jonas' Früh-stück stürzte, fiel mein Blick auf die Uhr, und mir war klar, dass wir uns ziemlich beeilen mussten, wenn wir meinen Plan einhalten wollten.

In Rekordzeit futterte ich die Eier und den Bacon und hielt den Finger in die Luft, um dem Kellner Bescheid zu geben, dass wir zahlen wollten.

Jonas sah mich empört an: «Du hast ja alles aufge-gessen.»

«Ja, war lecker. Und jetzt müssen wir uns etwas be-eilen.»

«Ich hab noch Hunger!»

Ich erschrak. «Oh, tut mir leid. Wirklich.» Ich hatte ein echt schlechtes Gewissen.

Jonas lächelte.

«Es macht nichts. Ich hab gehört, dass ein Mensch bis zu zwei Wochen ohne Nahrung auskommt.» Er lächelte mir etwas zu nett.

«Was hast du vor?», fragte ich misstrauisch.

Er beugte sich zu mir rüber: «Du hast dich gestern echt angestrengt und dir super viel Mühe gegeben.»

Ich nickte. «Allerdings!»

«Und deshalb wollte ich mich heute revanchieren.»

«Ach, und wie?»

«Du musst heute gar nichts mehr tun. Entspann dich, genieß den Tag. Ich übernehm die Planung für heute.»

«Das geht aber nicht, es ist ja nicht deine Stadt, *ich* bin für Hamburg zuständig», widersprach ich.

«Ich bin doch gar nicht wegen Hamburg hier.»

Ich lächelte. Okay, ich würde mitmachen.

«Was hast du vor?»

«Komm mit, lass dich überraschen.»

Ich war mehr als überrascht, als Jonas mich zu einem Bootsanleger führte und auf ein Tretboot deutete.

Ich sah ihn entsetzt an: Sein Chill-Programm sah Sport vor? Nicht mein Ding.

«Joni ... du weißt ...»

«Ich weiß. Steig einfach ein.»

Ich stieg in das schwankende Tretboot und setzte mich vorsichtig hin. Ich traute dem kleinen Ding nicht so ganz. Wirklich wasserfest sah es nicht aus.

Jonas übernahm netterweise das Treten, weil ich genug damit zu tun hatte, zu überprüfen, ob uns die anderen großen Boote vielleicht zu nahe kommen und uns versenken konnten.

Als wir es bis auf die Mitte der Außenalster geschafft hatten, entspannte ich mich. Kein fremdes Boot hatte uns in unmittelbare Lebensgefahr gebracht, so klein und unsichtbar schienen wir mit unserem Tretboot doch nicht zu sein. Und ich musste zugeben, dass es echt schön war. Weit und breit gab es nichts, das mich aufregen oder ablenken konnte. Ich lehnte mich auf meinem Sitz zurück und genoss den Moment.

Eine halbe Stunde lang chillten wir auf dem Boot. Dann fing mein Magen an zu knurren. Kurz darauf kam ein Knurren von Jonas' Bauch. Für mich war dies der Wake-up-Call. Der nächste Punkt auf der Liste war angesagt!

Ich setzte mich entschlossen auf und fing an zu treten. Aber der Widerstand war zu groß. Ich sah nach unten. Jonas hatte seine Füße gegen die Pedale gestemmt.

«Hey, was soll das? Ich will zurück, ich habe Hunger.»

«Und ich habe vor, mit dir den ganzen Nachmittag hier auf der Alster zu verbringen. Fernab von deinen Plänen. Keine Läden, keine Cafés, keine Restaurants, keine Sightseeingtouren, nur wir beide. Ich bin schließlich nach Hamburg gekommen, um mit dir eine schöne

Zeit zu verbringen. Und damit das klappt, sehe ich mich zu dieser Maßnahme gezwungen. Sorry.» Er lächelte mich an.

«Ist das so was wie eine Entführung?»

«Ein sehr hartes Wort ...»

«Verbunden mit Essensentzug? Mein Magen knurrt nicht aus Spaß so laut.»

«Oh, keine Sorge.» Er beugte sich nach hinten und wühlte in dem Rucksack rum, den er mitgebracht hatte. Raus zog er unsere Essenstüten vom Vortag. «Ich hätte da Sandwiches, Cupcakes, Chicken Madras und ein Steak anzubieten. Picknick auf See. Und ein paar Flaschen Apfelschorle. Bedien dich.» Er küsste mich auf die Wange, lächelte und machte es sich wieder bequem.

Ich war verwirrt. Das war nicht mein Plan. Eigentlich wollten wir Leute treffen. Aber hier war es wirklich wunderbar ruhig, Jonas und ich hatten Zeit für uns, und vor mir türmten sich die leckersten Sachen auf.

«Joni?»

«Ja?»

«Dieser Ausflug war eine sehr gute Idee! Danke.»

Die Umarmung hätte ich weglassen sollen. Das Boot geriet ins Schwanken, ich klammerte mich an Jonas fest, bis es sich wieder stabilisiert hatte.

«Gefühlsausbrüche müsstest du vorher anmelden», meinte er.

«Ich merk's mir.»

Vorsichtig griff ich nach dem Sandwich und entspannte mich wieder.

Mein Handy klingelte. Ich sah Jonas fragend an: «Ist das erlaubt?»

Er lachte. «Geh ran.»

Ich nahm also ab.

«Allyssa, wo steckt ihr? Wir wollten uns doch um zwei treffen! Wir stehen hier seit einer Viertelstunde und warten!»

Mist. Ich hatte mich ja mit Caro und Katha, zwei Kommilitoninnen, verabredet, um ihnen Jonas vorzustellen. Das hatte ich komplett vergessen. Ich erklärte ihr die Situation. «Tut mir total leid!»

Eine kurze Pause am anderen Ende, ich hörte Caro und Katha miteinander sprechen. Dann meldete sich Caro wieder: «Okay, wir kommen.»

«Wie, ihr kommt? Wohin kommt ihr?»

«Na zu euch! Ist doch ein herrlicher Tag zum Tretbootfahren!»

Damit legte sie auf.

Ich sah irritiert auf mein Handy. Das hatte sie jetzt nicht ernst gemeint, oder?

«Was ist?», fragte Jonas.

«Ähm, ich glaube, wir kriegen Besuch. Ist das okay?»

«Besuch? Hier?»

Ich nickte.

«Mann, hast du merkwürdige Freundinnen.»

Eine halbe Stunde später kamen die zwei angefahren. Katha hielt winkend zwei Kaffee in die Luft.

Und tatsächlich, sie hatten Kaffee für uns alle mitgebracht, den wir gemeinsam, Boot an Boot, zusammen mit den Cupcakes und dem Chicken Madras genossen.

Als die beiden dann wieder losfuhren, winkte ich ihnen lange hinterher: «Danke für euren Besuch! Wir müssen das unbedingt wieder machen!»

Ich war zufrieden und glücklich. Die Zeit auf dem Boot heute war schöner als der komplette Tag gestern.

Jonas lehnte sich entspannt zurück und meinte stolz: «Also eins musst du doch zugeben: Mein Plan war absolut perfekt.»

Ich war gerade dabei zu nicken, da fiel mir etwas auf. «Na ja, nicht ganz.»

«Wieso?» Jonas setzte sich überrascht auf.

«Ich muss dringend aufs Klo.»

Die *mit dem kalten hund*

Freitagabend sollten ein paar Freundinnen aus meiner Bremer Schulzeit fürs Wochenende zu Besuch kommen. Die VGMs! VGM ist die Abkürzung für Vorglühmädels. Wir hatten nämlich in Bremen zwei Dinge festgestellt: Erstens: Alkohol in Clubs ist ziemlich teuer. Und zweitens: Nüchtern in Clubs zu gehen ist ziemlich langweilig. Vor allem in Bremen. Also trafen wir uns vorm Weggehen immer zum «Vorglühen», sprich, wir tranken zu Hause den Alkohol unserer Eltern. Kostet nix und schont die Leber unserer Eltern. Wir waren eine ziemlich große Gruppe, fünfzehn Mädels, und es ging immer sehr feucht und sehr fröhlich bei uns her. Irgendwann nannte man uns nur noch die Vorglühmädels, wenn wir irgendwo auftauchten. Genau genommen war es eher so, dass die Leute riefen: «Bringt alles Zerbrechliche in Sicherheit und holt die Plastikbecher raus!» Und da man das Wort Vorglühmädels nach dem Vorglühen nicht mehr so gut artikulieren kann, kürzten wir es zu VGM ab. Das ging. Wir waren kurz davor, ein eingetragener Verein zu werden, aber dann kam das Abitur, und inzwischen waren wir über ganz Deutschland verteilt. Wir trauerten den guten alten Zeiten nach und beschlossen, uns regelmäßig mal in dieser, mal in jener Stadt zu treffen. Und jetzt war Hamburg dran. Meine Stadt. Und ich wollte ihnen unbedingt etwas bieten! Ich hatte vor, sie erst mal mit einem Kekskuchen zu überraschen, der den etwas merkwürdigen Namen «kalter Hund» hat. Allein die Tatsache, dass ich Essen zubereitete, würde sie überraschen. Ich hatte eine Zutatenliste gefunden, alles besorgt, nur leider hatte ich kein Rezept. Aber ich wusste, dass meine Mutter jede Menge Rezepte sammelte (nicht dass sie kochen würde, sie sammelt bloß die Rezepte, die sie dann begeistert an Leute weitergibt), und bat sie in einer Mail um ihre Hilfe. Der Plan war, sie sucht das Rezept raus, ruft mich zur verabredeten Zeit an und liest mir vor, was ich mit meinen Zutaten machen soll. Kann ja nichts schiefgehen. Also bei normalen Leuten nicht, bei meiner Mutter ist das anders. Das hätte ich natürlich wissen sollen. Sie rief pünktlich auf die Minute an, als ich alle Zutaten in der Küche vor mir ausgebreitet hatte und bereit war, die Sache in Angriff zu nehmen. Sie sollte mich fernmündlich durch den Zubereitungsprozess führen.

«Nummer eins: Hast du alle Zutaten, die du brauchst?»

Ich sah kurz auf den Küchentisch, auf dem sich Kokosfett, Puderzucker, Vanillinzucker, Kakaopulver, Rumaroma, Eier und Butterkekse stapelten.

«Ja, denk schon.»

«Hast du oder hast du nicht?»

«Ja, hab alles.»

«Super, dann los. Fang erst mal damit an, alles zu vermischen.»

«Alles alles?»

«Aber sicher, was denkst du denn?»

Fand ich zwar etwas komisch, aber hey, was wusste ich denn schon von der Zubereitung eines Kuchens. Also zerkrümelte ich die Butterkekse und gab sie zu den Eiern.

«Und wenn du möchtest, kannst du auch Karotten reintun!», fügte sie noch hinzu.

Karotten? Das hatte nicht auf meiner Zutatenliste gestanden. Hm. Nun ja, es gibt ja auch Karottenkuchen, aber trotzdem, merkwürdig …

«Äh … bist du sicher, dass das das Originalrezept ist?», fragte ich vorsichtig.

«Aber ja, ich hab's doch vor mir liegen und lese ab!»

Na gut, zum Glück inhalierte meine Mitbewohnerin jegliches Gemüse, das orange und lang war, wir hatten den Kühlschrank voll mit Karotten.

Ich zerkleinerte also auch noch brav eine Karotte und gab die kleinen Würfelchen zum Rest in die Schüssel. Oder hätte ich sie vielleicht raspeln sollen? Zu spät, und das Aroma war ja schließlich so oder so drin.

«Und jetzt?»

«Forme daraus eine Art Kuchen und tu es in eine Auflaufform.»

Das klappte nicht besonders gut. Besser gesagt, es klappte gar nicht.

«Das ist eine riesige Wutzerei, und es sieht sehr merkwürdig aus!», rief ich etwas verzweifelt, während ich ein paar Karottenstückchen hinterm Kühlschrank rausfischte, die mir beim Versuch des Vermischens abhandengekommen waren.

«Natürlich, es ist ja auch noch nicht gebacken. Du stellst das Ganze jetzt in den Backofen, und in etwa einer Stunde ist es fertig.»

«Von Backen war aber nie die Rede! Ich dachte, den stellt man in den Kühlschrank zum Festwerden!»

«Na, also hör mal, du kannst deinen Gästen doch kein rohes Hackfleisch anbieten!»

Hackfleisch?

«Aber seit wann gehört Hackfleisch in einen ‹Kalten Hund›?»

«Sag ich ja auch gar nicht. Das Hackfleisch gehört in den ‹Falschen Hasen›!»

«Mom! Ich hatte dir doch gemailt, ich brauche deine Hilfe, weil ich ‹Kalten Hund› machen will! Das ist ein Kuchen!»

«Oh! Murks ... Hm ... Tut mir leid. Ich hatte nur was mit einem merkwürdigen Tiernamen in Erinnerung gehabt und hab das Rezept für ‹Falscher Hase› rausgesucht.»

Ich war sprachlos.

Meine Mutter nicht. Munter plauderte sie weiter: «Du musst zugeben, das klingt wirklich sehr ähnlich. Kalter Hund – Falscher Hase. Das kann man leicht verwechseln.»

«Mom! Ich glaub's nicht!»

«Warte, bleib dran!», rief sie. Und ein paar Minuten später: «So, hier hab ich jetzt das Rezept für den ‹Kalten Hund›. Also, fangen wir an.»

«Mom! Ich hab nix mehr zum Anfangen. Ich hab alles verkrümelt und gemischt», schimpfte ich.

«Hast du wirklich alle Butterkekse verkrümelt und

mit den restlichen Zutaten vermischt? Beim ‹Kalten Hund› werden die als Ganzes in die Schokolade eingebettet!»

«Natürlich hab ich die verkrümelt, hast du doch gesagt! Und ich hab Karottenwürfel reingetan!»

«Karottenwürfel! Allyssa, wie kommst du denn auf so eine Idee!», rügte sie mich. Ich antwortete nicht.

«Ich weiß nicht, ob das wirklich schmeckt …», gab meine Mutter zu bedenken. «Die Karottenwürfel hättest du besser nicht reingetan.»

Für alle, die einen eigenen Versuch starten möchten, hier die Rezepte.

Ganz wichtig: Lasst euch nicht von eurer Mutter helfen!

Falscher Hase

ZUTATEN:

600 g gemischtes Hackfleisch (wird später im Ofen gegart)

½ Tasse Paniermehl (wenn ihr so wie ich noch keine Tassen habt, könnt ihr auch ein halbes Weinglas nehmen. Klappt genauso gut. Und bitte fragt nicht, warum ich zwar Weingläser, aber keine Tassen besitze)

2 gehäufte Esslöffel Quark (falls ihr euch auch die Frage stellt, was ihr mit dem Rest des Quarks anstellen sollt: Sorry, keine Ahnung! Ich hab ihn mir ins Gesicht geschmiert. Hatte irgendwo gelesen, dass das eine coole Maske und gut für die Haut wäre)

2 Eier

2 Weingläser Instantbrühe

1 Becher süße Sahne

Salz und Pfeffer

Und Karotten (wer keine Karotten mag, kann auch
    Zwiebeln oder Tomaten reintun. Aber zerklei-
    nert sie vorher, lässt sich dann später besser
    kauen)

ZUBEREITUNG:

Backofen auf 200 Grad vorheizen. Nicht 250 Grad.
Glaubt mir, ich hab's ausprobiert, weil ich extremen
Hunger hatte und hoffte, es so schneller fertig zu be-
kommen. Es war leider mehr als fertig.

Dann nehmt ihr das Hackfleisch, das Paniermehl,
den Quark (der nach eurer Schönheitsmaske noch übrig
ist) und die Eier. Das Ganze gründlich vermengen und
mit Salz und Pfeffer abschmecken. Die Masse zu einem
länglichen Laib formen (ich hab's in Herzform gemacht,
sah auch gut aus), etwas flach drücken und in eine große
Form geben. Im Backofen bei ca. 200 Grad (!) backen, bis
der Braten knusprig und dunkelbraun ist (etwa 1 Stunde). Stellt euch am besten einen Wecker, sonst merkt ihr
erst am Gestank, dass er fertig ist. Während der Backzeit
den Braten hin und wieder mit Brühe und etwas Sahne
übergießen, dann hat man auch gleich eine Soße. (Hab
ich natürlich vergessen, weil ich während der Stunde in
der Badewanne lag. Aber ist bestimmt ein guter Tipp,
probiert's aus.)

Man kann neben dem Braten auch noch Gemüse in
die Auflaufform legen, z. B. Tomaten, Karotten und Zwie-

beln, dann hat man zum Essen auch gleich etwas Gemüse und braucht zusätzlich nur noch Kartoffeln zu kochen.

Et voilà, ein falscher Hase! Hoffe, eurer schmeckt besser als meiner!

Kalter Hund

ZUTATEN:

250 g Kokosfett

125 g Puderzucker

1 Päckchen Vanillinzucker

50 g Kakaopulver

½ Fläschchen Rumaroma (oder 1 EL Rum)

2 Eier

250–300 g rechteckige Butterkekse

ZUBEREITUNG:

Das Kokosfett zerlassen und abkühlen lassen. Nicht probieren, es schmeckt nicht!

Den gesiebten Puderzucker, den Vanillinzucker, den gesiebten Kakao (ihr merkt schon, kauft euch ein Sieb!) und das Aroma bzw. den Rum in eine Rührschüssel geben und nach und nach mit den Eiern und dem lauwarmen Kokosfett verrühren.

Eine Kastenform mit Pergamentpapier auslegen (ich denke mal, Backpapier tut es auch, aber so stand es im Rezept aus dem Internet. Also wenn ihr es ganz genau machen wollt, dann kauft euch Pergamentpapier. Und lasst mich bitte wissen, ob es da einen großartigen Unterschied gibt). Kekse und Kakaomasse abwechselnd einfüllen. Die unterste Schicht muss aus Kakaomasse und die oberste aus Keksen bestehen.

Den Kuchen mehrere Stunden (am besten über Nacht) kalt stellen und ihn dann in Scheiben schneiden. Wenn ihr nicht alleine wohnt, dann befestigt ein Schild am Kuchen. Sonst macht ihr den Kühlschrank am nächsten Tag auf, und euer Mitbewohner hat die Hälfte des unfertigen Kuchens am Vorabend schon aufgegessen.

Die mit rudis anglershop

Nachdem das mit dem «Kalten Hund» nicht geklappt hatte und ich viel Spott von den VGMs einstecken musste, sollte wenigstens der Rest des Wochenendes ein voller Erfolg werden. Wir nahmen uns vor, einen Tag mit Shoppen zu füllen und einen Tag mit Sightseeing (die Idee der VGMs, nicht meine). Sie waren der Meinung, ich würde mich bestens auskennen und könnte ihnen ein paar Sehenswürdigkeiten zeigen. Sehenswürdigkeiten. Spontan fiel mir der vierstöckige H&M in der Innenstadt ein. Aber damit würde ich wahrscheinlich nicht durchkommen.

Also gut. Ich kaufte mir einen Stadtführer, der bestimmte Routen vorgab und das Ganze wirklich kinderleicht aussehen ließ. Noch besser: Allyssa-leicht. Ich musste nur der beschriebenen Route folgen, und immer wenn wir an irgendwas Bedeutendem vorbeikamen, stand im Führer ganz genau, was man dazu wissen musste.

Mit dem Buch in der Hand lotste ich meine Freundinnen also durch Hamburgs Innenstadt.

Klappte auch ganz gut. Das Hamburger Rathaus und den Jungfernstieg hatten wir ohne große Probleme hinter uns gebracht. Als wir uns in Richtung Hafen und St. Pauli wandten, wurde es komplizierter.

Wenn man den schriftlichen Ausführungen Glauben schenken wollte, hätten wir vor dem Hamburger Michel stehen sollen. Taten wir aber nicht. Oder vielleicht doch, und ich hatte mich nur verlesen und es handelte sich beim Hamburger Michel nicht um eine Kirche, sondern um einen Angelzubehörladen? Nee, eher nicht. Zumal die Beschreibung im Reiseführer auch eher nach Kirche klang. Angelläden mit Altar und Glockenturm waren auch in Hamburg nicht zu finden. Ich war etwas ratlos, zumal ich merkte, wie meine Freundinnen ungeduldig wurden. Laura gähnte herzhaft und fing an, Hennis Haare zu flechten. Lena nahm einen Apfel aus der Tasche und schien Lunchbreak machen zu wollen. Isa hatte ihren dritten Kaffee in der Hand. Sie wirkten alle sichtlich erschöpft. Ich konnte ihnen unmöglich sagen, dass wir uns verlaufen hatten. Zum dritten Mal. Also zeigte ich freudestrahlend auf den Angelzubehörladen.

«Hier der berühmteste Angelzubehörladen Hamburgs!»

Sie sahen mich misstrauisch an. Sie glaubten mir nicht. Vicky sah sich unauffällig nach einem Taxi um, während Dadi schon seit einer halben Stunde ihrem iPhone mehr Aufmerksamkeit schenkte als mir.

«Nein, ehrlich! Dieser Laden ist echt berühmt! Jeder Hamburger kennt ihn!»

Anna schnaubte ungläubig. Lisa und Line standen vor dem Schaufenster einer Boutique.

«Hier hat Störtebeker schon seine Sachen eingekauft!», rief ich.

Diejenigen, die mir überhaupt noch zuhörten, sahen mich ungläubig an.

«Doch», beteuerte ich.» War einer seiner Lieblingsläden in Hamburg. Immer, wenn er eine neue ... ähm ... ja ... Angel brauchte, kam er her.»

Ich seufzte.

Bin ich jetzt komplett übergeschnappt? Störtebeker, der große Angler?! Wohl eher nicht. Das nahmen die mir nie ab. Aber Störtebeker war der Einzige, der mir in meiner Verzweiflung einfiel. Und hey, immerhin hatte er ja mit Wasser zu tun. Also.

«Ist das dein Ernst? Der Laden ist nie im Leben schon so lange hier!» Franzi schüttelte nur den Kopf, während sie Anna-Luise eine Aspirin reichte.

«Wir hätten doch shoppen gehen sollen», sagte Riki.

Ich ignorierte sie.

«Doch, ich glaube, Störtebeker war sogar Mitgründer! Deshalb ist er auch nach ihm benannt!», rief ich euphorisch, ohne auch nur die leiseste Ahnung vom Namen des Ladens zu haben.

«Das Ding heißt ‹Rudis Anglershop›», entgegnete Tammy.

Milly schoss ein Foto vom Anglershop und holte dann ihre Glamour raus.

Ich war verzweifelt.

«Ja, Rudi Störtebeker! So nannten ihn Freunde und Familie. Ihr wisst ja wirklich gar nichts!» Ich schritt beleidigt weiter. Da gab ich mir so viel Mühe, und die belohnten mich mit Misstrauen und Spott. Drei Schritte hatte ich getan, als ich die Kirche auf der gegenüberliegenden Straßenseite sah. Ich hatte mich gar nicht verlaufen, sondern nur rechts und links verwechselt! Yes, ganz so verplant war ich also doch nicht!

«Leute, hierher! Wenn euch schon nicht interessiert, wo Rudi Störtebeker sein Angelequipment einkaufte, dann seht euch wenigstens an, wo er sonntags zur Messe ging!»

Die mit den familienbedingten bildungslücken

«Du hast was?» Ich war entsetzt über Allyssas Bildungslücke, die meiner Meinung nach keine «Lücke» mehr war, sondern ein Abgrund, der in etwa der Größe des Grand Canyons entsprach. Sie hatte mir am Telefon die Sache mit Rudis Anglershop erzählt, ich konnte nicht darüber lachen.

«Hast du überhaupt eine vage Vorstellung, wer Klaus Störtebeker war? Ich hatte dir doch mal ein Buch über ihn geschenkt, wenn du das gelesen hättest, wäre dir das nicht passiert!»

Bevor sie sich verteidigen konnte, fuhr ich fort: «Und überhaupt solltest du dich wirklich besser vorbereiten, wenn du auswärtigen Besuch bekommst. Du musst doch in der Lage sein, ihnen Hamburg vorzustellen. Das ist doch jetzt deine Stadt!»

«Mom! Als du Besuch von Leuten aus München und aus Wien hattest und mit ihnen über den Bremer Marktplatz gelaufen bist, hat der Münchner die Fragen des Wieners über das Bremer Rathaus beantwortet, weil du keine Ahnung hattest.»

«Das war was ganz anderes.»

«Mom!»

«Na gut, war es nicht, aber … also … hm. Du hast recht.»

«Was hast du eben gesagt? Hast du echt gesagt, ich hätte recht?!», fragte Allyssa ungläubig ins Telefon.

Ups. Fehler. Kardinalfehler. Ich kann doch nicht zugeben, dass sie recht hat, wo kommen wir denn da hin! Ich musste unser Gespräch auf der Stelle beenden.

«Ich versteh dich nicht mehr, mein Schatz, wir haben eine schlechte Verbindung … Hallo, hallo …»

Dann machte ich ein paar Störgeräusche ins Telefon, um der Sache mehr Glaubwürdigkeit zu verleihen.

Ich weiß nicht, ob sie mir das abgenommen hat.

Allyssa lachte und rief ins Telefon: «I love you, Mom!» Dann legte sie auf.

Ich hab's nicht so gern, wenn meine Kinder recht haben, das untergräbt meine Autorität. Bei meinen ganzen Erziehungsbemühungen ist es meine Hauptaufgabe, zu verhindern, dass sie so werden wie ich. Und darauf zu achten, dass sie gar nicht erst mitkriegen, wie ich bin. Ich muss ein Vorbild sein, ich kann keine Dinge predigen, die ich selbst nicht tue. Und seit die Kinder größer sind, komme ich auch nicht mehr mit der Erklärung durch: «Das war ich nicht, das war meine böse Zwillingsschwester», wenn ich mich mal wieder dämlich benommen habe. Mit wachsender Ungläubigkeit stelle ich jedoch fest, dass die Gene einen wesentlich höheren Anteil an der Persönlichkeit haben, als ich bereit bin zuzugeben.

Diese Rechts-links-Verwechslung etwa, die dazu führte, dass Allyssa Störtebeker einen Angelladen angedichtet hatte, kommt definitiv aus meinem Gen-Pool.

Wenn ich im Auto sitze und den Fahrer lotsen muss, schärfe ich ihm vorher ein, nicht auf das zu hören, was ich sage, sondern nur darauf zu achten, wohin meine Hände zeigen. Meine Hand weiß es, mein Sprachzentrum versagt. Ich deute mit der Hand nach rechts und sage links. Rechts stimmt. Also ist meine Hand schlauer als ich. Ist doch merkwürdig.

Im Laufe der Jahre hatte ich festgestellt, dass es nichts nützt, Kindern Vorträge zu halten. Man muss ihnen zeigen, was man meint: Learning by doing!

Also nahm ich mir vor, mit Allyssa als Nächstes einen Hamburg-Sightseeing-Bummel zu machen, damit sie beim nächsten Besuch nicht wieder so kläglich versagen würde.

«Sag mal, Allyssa, was hältst du davon, wenn wir beide uns mal zusammen Hamburg ansehen, die Stadt erobern, sie kennenlernen?», schlug ich deshalb bei unserem nächsten Telefonat vor.

Schweigen am anderen Ende der Leitung.

«Allyssa?»

«Ja.»

«Was ist? Wie findest du meinen Vorschlag?»

«Mom, kann es sein, dass das so eine pädagogisch wertvolle Nummer wird, von wegen, so ganz unverfänglich werde ich das Kind mal dazu bringen, sich mit Hamburgs Sehenswürdigkeiten auseinanderzusetzen?»

«Nein. Wie kommst du denn darauf?!»

Sie antwortete nicht, sie hatte sich angewöhnt, mich schmoren zu lassen, bis ich zugab, was sie hören wollte.

«Okay, kann sein, dass ich das damit bezwecken will. Aber was bitte ist daran schlimm?!»

«Dass du immer versuchst, mir Sachen unterzujubeln, und auch noch glaubst, ich merk das nicht.»

«Wie soll ich dich denn sonst dazu bringen, Dinge zu tun, die ich für richtig halte?»

«Sag's doch einfach.»

«Und das funktioniert?»

«Probier's aus.»

Ich schluckte, atmete tief durch und fragte ganz mutig: «Hast du Lust, mal mit mir eine Hamburg-Tour zu machen, damit du die Stadt kennenlernst?»

«Nein.»

Ich war empört. So eine Frechheit!

«Aber ich mach's trotzdem gerne. Wann willst du kommen?», rief sie fröhlich hinterher.

Die *mit dem schlauchboot in der handtasche*

Herrlich blau mit süßen Schäfchenwolken, so sah der Himmel aus, als meine Mutter mir am Telefon sagte, ich solle mich regenfest anziehen.

Ich hatte mich auf ihren Wunsch hin mit ihr in Hamburg zum Sightseeing verabredet und war gerade dabei, mich fertig zu machen. Entschlossen schob ich meine Regenjacke zur Seite und griff nach meiner braunen Lederjacke. Von Regen war weit und breit nichts zu sehen. Ich hatte keinen Anlass, so uncoole Dinge wie einen Regenschirm oder – Gott bewahre – Regenmantel mit mir rumzuschleppen. Ich schlenderte in meinen neuen hellgrauen Ballerinas in Richtung U-Bahn. Hm, komisch, war dieser dunkle Fleck da von Anfang an drauf gewesen? Das war ja mal wieder typisch, dass ich Kleidung schmutzig bekam, ohne sie auch nur einmal getragen zu haben. Plötzlich sah ich, dass auf dem anderen Schuh auch ein Fleck war! Ich blieb stehen. Eben gerade waren zwei weitere Flecke wie aus dem Nichts aufgetaucht. Mir schwante nichts Gutes … Ich sah nach oben – und tatsächlich: Weg waren der blaue Himmel und die weißen Wölkchen. Sie hatten sich zu einer riesigen dunklen Wolke zusammengetan. So ein Mist, und gleich würde es richtig anfangen zu schütten! Na ja, vielleicht schaffte ich es ja noch bis zur U-Bahn-Station.

«Wieso hörst du nicht auf mich? Ich hab dir doch gesagt, dass sie Regen gemeldet haben!», rügte mich meine Mutter, als ich tropfnass vor ihr stand. Ich kippte das angesammelte Wasser aus meinen Ballerinas. Meine Mutter trug einen Regenmantel mit Kapuze und hielt zusätzlich noch einen Schirm in der Hand. (Wahrscheinlich, damit der Regenmantel nicht nass wird.) Und ich denke mal, in ihrer Handtasche hatte sie noch ein kleines Schlauchboot untergebracht, falls es zu einer Sintflut kommen würde.

«Der Wetterbericht stimmt doch nie!», maulte ich.

«Aber wenn du wenigstens einen Schal dabeihättest, könntest du ihn dir über den Kopf legen. Wieso nimmst du nie einen Schal mit? Schal ist immer gut.»

Das mit dem *nicht* mitgenommenem Schal gehörte zu meinem Programm des Erwachsenwerdens. Damit bewies ich meine Unabhängigkeit und meine Selbständigkeit. Meine Mutter ist nämlich immer für alle Eventualitäten gerüstet. Ihre Handtaschen sind riesig und so schwer, dass man sie prima für ein Hanteltraining nutzen könnte. Sie könnte aus dem Stand heraus zu einer Arktisexpedition aufbrechen. Oder sich einer Kamelkarawane in der Sahara anschließen. Sie hat auch stets ein Schweizer Taschenmesser mit allen Schikanen dabei, das man ihr regelmäßig am Flughafen abnimmt.

«Für alle Fälle», erklärte sie uns immer. «Wer weiß, wann man es braucht.»

Und natürlich hat sie versucht, ihre «Man-kann-ja-nie-wissen-Mentalität» auf uns zu übertragen. Die

Schulranzen von meiner Schwester und mir waren vollgestopft mit Notfall-Täschchen, was wir für normal hielten, bis wir feststellten, dass andere Kinder in ihrem Schulranzen lediglich ihre Schulbücher transportierten.

In der Pubertät rebellierten wir dagegen und erfreuten uns an dem missbilligenden Gesicht unserer Mutter, wenn wir das Haus verließen und lediglich einen Lipgloss in der hinteren Jeanstasche hatten.

Sie versuchte stets zu verhandeln: «Nimm wenigstens noch ein Taschentuch mit. Man braucht immer mal ein Taschentuch.»

«Nein.» Wir blieben hart.

«Schlüssel.»

«Nein, du bist ja zu Hause.»

«Aber was ist, wenn nicht?»

«Du hast an mindestens zehn Leute hier im Umkreis Schlüssel verteilt, für den Fall, dass wir ohne Schlüssel vor dem Haus stehen.»

«Ja, aber weißt du, wer die Leute sind?»

«Nein.»

«Wie könnt ihr nur so sorglos sein! Was ist mit Geld?»

Geld ließen wir uns gelegentlich aufdrängen, aber an guten Tagen verweigerte ich sogar das.

Jetzt stand sie mir gegenüber, kramte in ihrer Handtasche und zog doch tatsächlich einen Schal heraus.

Ich sah sie groß an. «Du hast bereits einen Schal an, wieso hast du noch einen weiteren Schal dabei?»

«Das ist ein Ersatzschal», belehrte sie mich. Sie reichte ihn mir. «Hier, den kannst du nehmen.»

Ich wich empört zurück. «Nein.» Würde das denn

ewig so weitergehen? Würde sie später, wenn ich mit meinen drei Kindern unterwegs bin, auch Schals für die Enkel aus der Tasche ziehen?

«Mom! Ich bin erwachsen.»

«Ja. Erwachsen und durchnässt!»

«Mom, halt doch einfach den Schirm über mich!»

«Oh, entschuldige.» Dann sah sie sich etwas gequält um. «Willst du wirklich bei diesem Wetter durch die Gegend laufen, um Hamburg kennenzulernen?»

«Ich wollte das sowieso nicht, du wolltest.»

Sie sah wieder in den trüben Himmel, dann auf die Pfützen um uns herum.

«Wir könnten die *merkantilen* Sehenswürdigkeiten Hamburgs erkunden», schlug sie listig vor.

«Du meinst shoppen?»

«Nenn es nicht so, das klingt so profan!» Aber dann strahlte sie und rief: «Ja, lass uns einkaufen gehen!»

Ich weiß nicht, ob das unbedingt besser war. Das könnte mit ihr anstrengender werden, als sich sämtliche touristischen Attraktivitäten Hamburgs anzusehen.

Die mit den
irrfahrten durch hamburg

«Ich habe aber Größe 38 und brauch auch nur Schuhe in genau der Größe.»

Ein vergeblicher Versuch, meine Mutter daran zu hindern, mir Peeptoes in der falschen Größe zu kaufen. Ich meine, versteht mich nicht falsch, es ist total cool, dass meine Mutter mir so gerne Sachen kauft. Aber Peeptoes in Gelb würde ich nie anziehen, und noch weniger Sinn machte es, mir Schuhe in Größe 40 zu kaufen. Ich hatte 38, wenn ich Glück hatte, passte mir manchmal auch 39. Aber 40? Keine Chance. Und das Argument meiner Mutter, dass meine Füße vielleicht noch wachsen würden, schien mir auch nicht einleuchtend.

Ich wusste, dass mich Einkaufen mehr Kraft kosten würde als Sightseeing.

«Aber es ist ein Sonderangebot!», flehte meine Mutter mich an.

Sie hat diese Obsession mit Sonderangeboten. In unserem Haus stapeln sich Sonderangebote. Wenn meine Mutter vom Einkaufen wiederkommt, fängt sie ihre Sätze nicht mit «Seht, was ich Tolles und Praktisches gekauft habe!» an, sondern mit «Seht, was ich Billiges und Reduziertes gekauft habe!». Es ist ihr in dem Moment egal, dass wir keinen Schnurrbartkamm brauchen. «Aber er war runtergesetzt! Und dazu habe ich kostenlos dieses spezielle Schnurrbarthaargel gekriegt!»

Wir lassen sie einfach. Solange sie nicht von meiner Schwester und mir verlangt, uns einen Schnurrbart wachsen zu lassen, damit das Zeug zum Einsatz kommt, ist es uns egal.

«Na ja, ich nehm die Schuhe trotzdem mal mit. Vielleicht trag ich sie.»

Haha, das will ich sehen! Meine Mutter, die nur in Cowboystiefeln rumrennt, in sieben Zentimeter hohen Peeptoes! Sie sagte das nur, um den Kauf zu rechtfertigen. Aber dann hatte das Schicksal ein Einsehen, es fand sich nämlich nirgends der Partner der Sonderangebots-Schuhe. Sie hatten nur den linken Schuh.

«Aber den bekomm ich dann doch billiger?», verhandelte meine Mutter eifrig weiter.

«Mom!» Ich wurde etwas energischer. «Was soll ich denn mit einem einzigen Schuh?!»

«Zieh einen anderen dazu an und kreiere einen neuen Trend!» Sie beugte sich zu mir und flüsterte: «Bestimmt kann ich sie noch weiter runterhandeln!»

«Wir verkaufen keine einzelnen Schuhe», teilte ihr die Verkäuferin mit.

«Ach, und was ist, wenn jemand nur ein Bein hat? Das ist doch unfair, wenn Sie denjenigen zwingen, zwei Schuhe zu kaufen.» Meine Mutter gab einfach nicht auf.

Die Verkäuferin sah sie mit großen Augen an. Ich sah sie ebenso ungläubig an. Meine Mutter revanchierte sich mit genau demselben Blick, mit dem sie abwechselnd mich und dann wieder die Verkäuferin bedachte. Dann gab sie auf, zuckte die Schultern und sagte: «Ich mein ja bloß …»

Ich atmete erleichtert auf, bedankte mich bei der Verkäuferin und zog meine Mutter aus dem Laden.

«Mom! Das war echt peinlich!»

«Seit wann ist dir denn etwas peinlich? Das kannst du dir gar nicht leisten, du manövrierst dich ständig in peinliche Situationen hinein.»

«Kann ja sein, aber ich bin gerade dabei, es mir abzugewöhnen.»

«So was kann man sich nicht abgewöhnen. Das ist wie Radfahren, wenn man's einmal gelernt hat, kann man es sein Leben lang.»

«Soll mich das etwa beruhigen?»

Sie wechselte das Thema. «Der Regen hat aufgehört, lass uns Sightseeing machen.»

«Okay.»

Mit meiner Mutter im Schlepptau würde ich vielleicht mit einer etwas abgewandelten Tour durchkommen. Ich lief mit ihr die Mönckebergstraße entlang.

«Wir sind in einer Einkaufsstraße!», teilte sie mir mit unterdrücktem Vorwurf mit.

«Zwischen den Geschäften gibt es Kirchen, Mom», rechtfertigte ich meine Tour.

Meine Mutter seufzte. So hatte sie sich das nicht vorgestellt.

«Was hältst du davon, wenn wir mal deinen Stadtteil kennenlernen. In Uhlenhorst gibt es zum Beispiel die englische Kirche, das englische Theater und zahlreiche wunderschöne Seen. Schon mal was davon gehört?»

«Ähm, ja.»

«Schon mal da gewesen?»

«Ähm, nein.»

«Gut, dann lass uns dorthin fahren.»

Ich seufzte. «Okay, dann müssen wir jetzt den Bus nehmen.»

«Wenn du weißt, welcher Bus uns dorthin bringt …»

«Natürlich!», gab ich ärgerlich zurück und sah mich nach einem Bus um. Gut, dass direkt einer kam.

Immer wieder hatte mir mein fehlender Orientierungssinn Probleme gemacht. Klar, manche sagen, dass man ohne mehr von der Welt sieht. Aber manche Ecken der Welt will ich gar nicht sehen. Ich dachte, ich krieg das nur mit dem Auto und zu Fuß so wunderbar hin, am falschen Ziel anzukommen, aber ich musste feststellen, dass es mit Bus und U-Bahn genauso gut funktioniert. Meine Mutter durfte nun ebenfalls in diesen Genuss kommen. Noch hielt sie still, aber ich hatte die Befürchtung, dass es ihr jeden Moment auffallen würde, dass wir bereits fünfmal am Bahnhof Dammtor vorbeigefahren waren. Keine Ahnung, was heute mit den Bussen los war. Wir waren bereits dreimal umgestiegen, aber keiner fuhr in Richtung Uhlenhorst. Ich war ratlos, was sollte ich machen? Mir fiel ein, wie ich mich das letzte Mal in Hamburg verfahren hatte …

Es war circa zwei Wochen nach meinem Umzug gewesen, ich saß spätnachts in der U-Bahn und konnte nur noch mit sehr viel Mühe meine Augen aufhalten. Am Anfang zwickte ich mich die ganze Zeit, um nicht einzuschlafen. Als jedoch mein Arm anfing, blau zu werden, hörte ich damit auf. Ich stellte mir selber komplizierte

Matheaufgaben im Kopf. Keine gute Idee. Ich hatte vergessen, dass alle Aufgaben, die mehr als plus oder minus oder gar größere Zahlen als zehn beinhalteten, meine mathematischen Fähigkeiten überstiegen. Um es kurz zu machen: Nichts half, und eine halbe Stunde später wachte ich an der Endstation auf. Tagsüber mag es hier ja ganz nett sein. Aber mitten in der Nacht hätte ich mir einen der Klitschko-Brüder an meiner Seite gewünscht. Ich blieb einfach in der Bahn sitzen. Vielleicht war es ja möglich, hier zu warten, bis der Betrieb am nächsten Morgen weiterging. Die Idee fand der Schaffner leider nicht so genial. Fünf Minuten später stand ich neben den Gleisen und sah der Bahn traurig hinterher.

Okay, ruhig bleiben, sagte ich mir. Wozu gab's schließlich Taxis. Ich schritt langsam aus der U-Bahn-Station raus und sah mich um. Kein Taxistand weit und breit. Die Taxifahrer hatten wahrscheinlich selber zu viel Angst, nachts in dieser Gegend. Ich kramte mein Handy hervor und merkte, dass ich keine einzige Nummer eines Hamburger Taxiunternehmens kannte. Ich sah mich vorsichtig um. Vielleicht konnte ich ja jemand fragen. Ein paar dunkle Gestalten lungerten bei der Bushaltestelle rum. Ich atmete tief durch und schritt auf sie zu.

Die Männer waren sehr freundlich. Zwei boten mir an, sich mit mir ein Taxi zu teilen. Dass sie ihre Wohnung als gemeinsames Ziel vorschlugen und zwei Flaschen Bier aus ihren Taschen rausguckten, ließ mich ablehnen. Eine Telefonnummer bekam ich auch nicht. Ich rief also die Auskunft an und bat Verona um die Nummer irgendeines Hamburger Taxiunternehmens. Am besten eins, das in weniger als fünf Minuten hier sein konnte.

Als das Taxi kam, musste es erst mal scharf abbremsen, weil ich mich mitten auf die Straße gestellt hatte. Irgendwie hatte ich mich dort sicherer gefühlt als auf dem Bürgersteig bei den Büschen. Nicht ganz logisch, lieber überfahren als von einer streunenden Katze erschreckt zu werden.

Na ja, ich stieg ein und war einfach froh, wieder eine Schutzschicht zwischen mir und den Männern zu haben. Dass der Taxifahrer gruseliger aussah als einige der Typen an der Bushaltestelle, war mir in dem Moment egal. Ich musste mich sowieso darauf konzentrieren, die richtige Adresse zu nennen. Aber ich war so im Stress, dass ich ein totales Blackout hatte. Ich bat ihn, einfach mal loszufahren, in Richtung Jungfernstieg, dann würde ich ihm genauere Anweisungen geben. Ich kramte in meiner Tasche herum, suchte nach einem Zettel, einem Briefumschlag oder irgendetwas anderem mit meiner Adresse drauf. Nichts.

«Können Sie mir mal ein paar Hamburger Stadtteile rund um die Außenalster nennen?», bat ich den Taxifahrer, als wollte ich ein nettes Gespräch anfangen. Ich verstand ihn kaum, aber da fiel es mir auch schon ein. «Ich wohne in Uhlenhorst», rief ich erleichtert. Zumindest den Stadtteil hatten wir jetzt. Dass mir der Name der Straße nicht einfiel, wollte ich auf gar keinen Fall zugeben. Also versprach ich ihm, ihn zu lotsen, sobald wir in Uhlenhorst waren.

«Auf der Uhlenhorst», korrigierte er mich. Unwichtige Nebensache.

Ein weitaus größeres Problem stellte die Größe Uhlenhorsts dar. War doch gar nicht so klein, wie ich dachte. Immer, wenn mir ein Gebäude bekannt vorkam, folgten wir der Straße bis zum Ende, und ich hielt Ausschau nach dem nächsten mir vertrauten Gebäude. Irgendwann wollte mich der Taxifahrer rausschmeißen, weil er keine Lust mehr hatte, da ich uns zweimal im Kreis geführt hatte. Doch zum Glück erkannte ich dann die Tankstelle an der Ecke zu meiner Straße. Ich gab ihm ein großzügiges Trinkgeld. Und während ich die Stufen zu meiner Wohnung hochging, versuchte ich, mir den Straßennamen einzuprägen.

Na ja, man muss es positiv sehen. Sich mit dem Taxi zu verfahren, schaffen bestimmt nicht viele, da gehör ich sicherlich zu den auserwählten zwei Prozent der Weltbevölkerung.

Und wie viele schafften es mit dem Bus? Ich natürlich. Im Beisein meiner Mutter. Echt blöd. Als wir erneut am Dammtor vorbeifuhren, meinte sie: «Sag mal, Schätzchen, ich bekomm langsam Hunger, und bevor wir zum sechsten Mal hier an dem McDonald's vorbeifahren, steig ich mal kurz aus und kauf uns was. Dann können wir gerne noch ein paar Runden fahren, die Strecke scheint dir ja sehr zu gefallen.» Dann grinste sie: «Und wenn du den Burger bezahlst, bleibt diese Geschichte unser Geheimnis.»

Ich lächelte sie mitteldankbar an, auch ich hatte Hunger, und es könnte echt noch dauern, bis ich es geschafft hatte, uns nach Hause zu bringen. Aber dass meine Mutter es schafft, sich nicht über mich lustig zu machen, konnte ich ihr nicht glauben.

«Du zahlst und darfst dich über mich lustig machen», bot ich an.

Meine Mutter grinste noch mehr: «Hätt ich eh gemacht. Du glaubst doch nicht, dass ich mir so 'ne Geschichte entgehen lasse!»

Die Liebe einer Mutter …

Die mit dem coolen hollandrad

Ich gehöre auch zu den auserwählten zwei Prozent der Weltbevölkerung. Nämlich zu denen, die es schaffen, bei ganz normalen Alltagssituationen kläglich zu versagen.

Zum Beispiel beim Thema Fahrrad.

Ich bin kein Freund von Sport. Radfahren gehört für mich zu Sport. Als wir nach Bremen zogen, lernte ich jedoch, dass so ein Rad kein Sportgerät ist, sondern ein Fortbewegungsmittel. Selbst 80-jährige Omis fahren hier in Bremen in feinster Sonntagskleidung mit dem Rad zur Kirche.

Gegen Fortbewegungsmittel habe ich nichts, und da ich mich gerne an Sitten und Gebräuche anderer Kulturen anpasse, beschloss ich, mir ein Fahrrad zu kaufen. Sehr, sehr schick sind diese Hollandräder. Sie sind allerdings auch sehr, sehr hoch. Das stellte ich fest, als ich eine Probefahrt mit einem Hollandrad machte. Bei normalen Rädern ist es so, dass man lediglich lässig einen Fuß vom Pedal nimmt, wenn man anhält, sich dann in diese Richtung mitsamt Fahrrad seitlich neigt, und schon steht man mit diesem Fuß fest auf der Erde. Bei Hollandrädern muss man vom Sattel springen, denn sie sind für diesen lässigen Vorgang zu hoch. Das hätte man mir sagen müssen. Als ich bei meiner Probefahrt anhalten musste und lässig den Fuß vom Pedal nahm und mich mitsamt Rad zur Seite neigte, spürte ich nach den erwarteten zwei Sekunden keinen Boden unter meinem Fuß. Es dauerte. Und dauerte. Und dann fiel ich ungebremst auf den Asphalt. Der Winkel war zu groß. Bevor mein Fuß den Boden erreichen konnte, hatte sich mein Schwerpunkt so weit verlagert, dass mein Sturz nicht aufzuhalten war.

Ich muss einen ziemlich jämmerlichen Anblick geboten haben: Eine Frau stoppt ihr Rad, aber anstatt abzusteigen, bleibt sie sitzen und fällt seitlich um wie ein gefällter Baum.

Okay, kein Hollandrad. Ein Damen-City-Rad wurde es. Mit Korb. Denn ich fand es romantisch, mit dem Rad einkaufen zu gehen. Ich würde attraktive Lebensmittel kaufen, etwa ein Baguette, etwas Lauch, rotbackige Äpfel, Dinge eben, die sich in einem Fahrradkorb gut machen.

Ich fuhr also bester Dinge mit meinem neuen Rad zum Einkaufen. Und hier habe ich den ersten Fehler gemacht: Wenn man mit dem Rad einkauft, kauft man beim kleinen Gemüsehändler oder beim Bäcker um die Ecke ein paar Kleinigkeiten ein. Ich fuhr zum Supermarkt, weil ich dort immer einkaufe. Und machte einen Großeinkauf. Wie immer. Ich schob den riesigen Einkaufswagen raus auf den Parkplatz und suchte meinen roten Jeep. Wie immer.

Mein Auto war weg. Panik. Dann Entwarnung: Mir war eingefallen, dass ich ja mit dem Rad da war. Dass ich nun ein Problem hatte, fiel mir erst auf, als ich meinen vollbepackten Einkaufswagen neben das Rad stellte und die Größe des Fahrradkorbes sah.

Um es kurz zu machen: Vier Einkaufstüten am Lenker, eine vom Supermarkt ausrangierte H-Milch-Kartonage auf dem Gepäckträger und vorne im Korb eine weitere Tüte, deren Griff ich mit den Zähnen festhalten musste, während ich das Rad nach Hause schob. Ich war nie wieder mit dem Rad einkaufen. Genau genommen, war ich nie wieder mit diesem Rad unterwegs. Ich bin kein Rad-Typ.

Ich hatte Allyssa dann dieses Rad feierlich übergeben, und sie hat es mit nach Hamburg genommen.

Die *mit dem schloss fürs schloss*

Mein Fahrrad war weg. Über Nacht hatten sie zugeschlagen. Einfach so. Direkt vor meiner Haustür. Es war angeschlossen gewesen und sah wirklich nicht mehr gut aus (also um ehrlich zu sein, der desolate Zustand war vor allem darauf zurückzuführen, dass ich es nie putzte). Es wunderte mich, dass überhaupt irgendjemand sich die Mühe gemacht hatte, es zu klauen. Aber für irgendjemand da draußen war ein schmutziges Fahrrad immer noch besser als gar keins.

Als Erstes rief ich bei der Polizei an, vielleicht konnten die ja was machen. Mir war klar, dass es andere Verbrechen gab, deren Aufklärung wichtiger war als die eines geklauten Fahrrads, aber ohne meine Info wusste die Polizei womöglich gar nicht, dass in dieser Gegend Fahrraddiebe unterwegs waren. Ich wählte nicht die Notrufnummer, war ja kein Notfall, sondern suchte mir die Telefonnummer eines Polizeireviers in meiner Nähe aus und rief dort an.

«Rhabarber, Rhabarber, Rhabarber.»

Das hatte ich zumindest verstanden. Wäre schlauer gewesen, den Staubsauger auszuschalten, bevor man telefoniert.

«Guten Tag, mein Name ist Allyssa Ullrich. Ich möchte ein gestohlenes Fahrrad melden.»

«Aha.»

Mehr nicht? Musste ich mir jetzt eine wilde Geschichte dazu ausdenken, bevor die die Sache ernst nahmen?

«Und darüber bist du sehr traurig?»

«Na klar.» Was war denn das für eine Frage? Ich hatte wohl einen sehr mitfühlenden Polizisten erwischt.

«Und du kannst mit deinen Eltern nicht darüber reden?», fuhr er fort.

«Ähm, also, ich werde es noch tun, aber ich weiß schon, was meine Mutter sagen wird: ‹Hab ich dir nicht gesagt, du sollst dein Fahrrad immer in den dafür vorgesehenen Fahrradkeller stellen!› Und dann wird sie womöglich auch noch erzählen, wie sehr sie dieses Rad geliebt hat. Es war nämlich früher mal ihrs. Dabei fährt sie nie Rad. Und mein Vater wird sagen: ‹Na toll, es ist nicht versichert, wenn du es einfach draußen auf der Straße stehen lässt.› Und dann wird er mir noch einen Vortrag halten, dass mein Schloss so ein Mickymaus-Schloss ist, das keinen Fahrraddieb abschreckt.»

«Na ja, aber deine Eltern haben irgendwie recht. Und sie meinen es nur gut mit dir. Rede mit ihnen.»

Mein Gott, was sind denn das für Belehrungen? Gibt es bei der Polizei dafür eine extra Schulung?

Ich wollte unser Gespräch jetzt wieder auf eine sachliche Ebene bringen.

«Ich dachte nur, ich ruf erst mal bei Ihnen an. So was muss man doch melden, oder?»

«Aber natürlich. Sag es deinen Eltern, und die rufen dann bei der Polizei an.»

«Kann ich das nicht selber machen? Meine Eltern leben in Bremen und irgendwie ist das doch umständlich.»

«Du lebst nicht mit deinen Eltern zusammen?»

Ich erschrak etwas. War das vielleicht in Hamburg nicht erlaubt?

Nun herrschte ein längeres Schweigen.

Vorsichtig sagte ich: «Also, ich wohne hier in Hamburg alleine, weil ich ja hier studiere … und das ist praktischer …»

Nun änderte sich der Tonfall meines Gegenübers, er war nicht mehr ganz so freundlich und lieb. «Dann sind Sie eigentlich ein wenig zu alt, um bei uns anzurufen.»

«Wieso? Gibt es Altersbeschränkungen, wenn man bei der Polizei anrufen will?» Ich wurde etwas ungehalten.

«Sie haben hier beim Kinder-Sorgentelefon angerufen.»

Ups.

Aber ich wollte nicht zugeben, dass ich mich verwählt hatte, ich versuchte zu verhandeln: «Aber ich bin rein technisch gesehen ein Kind, und ich hab Sorgen.»

«Ja, das verstehe ich, aber Sie sollten bei der Polizei anrufen.»

Na, das hatte ich eigentlich auch vorgehabt.

«Danke für den Tipp. Wie gut, dass ich Sie angerufen habe», meinte ich dann, um uns beiden ein wenig aus der Situation zu helfen.

«Ja. Viel Glück noch», sagte er und legte auf.

Bestimmt erzählte er seinen Kollegen jetzt von dieser Verrückten, die er gerade am Telefon hatte.

Ich seufzte und verglich die Telefonnummern: Ich hatte es geschafft, drei Zahlen falsch zu wählen. Beachtliche Leistung.

Ich traute mich nicht, noch einen Versuch zu starten und bei der Polizei anzurufen (wer weiß, welche Organisation ich beim nächsten Mal dranhaben würde), sondern entschied mich, die Sache einfach zu vergessen und mir ein neues Fahrrad zu besorgen. Das war sehr wichtig, denn mit dem Fahrrad kam ich in Hamburg viel schneller ans Ziel als mit Auto oder U-Bahn. Denn wenn ich mich verfuhr, war es viel einfacher, mit dem Fahrrad schnell umzudrehen, als mit dem Auto. Dass es mit der U-Bahn schwierig war umzudrehen, muss ich wohl nicht erwähnen.

Deshalb brauchte ich dringend ein neues Rad. In Hamburg gibt's zum Glück den Fahrrad-Flohmarkt. Als ich dort ankam und die Räder und die Verkäufer sah, hatte ich kurz die Hoffnung, mein eigenes geklautes Fahrrad wiederzufinden. Ein dubios aussehender Mann, der die 40 überschritten hatte, stand da mit fünf verschiedenen knallpinken Fahrrädern, die alle große Schleifen am Lenker hatten. Der konnte mir doch nicht erzählen, dass das seine alten waren!

Zwei Stunden kritisches Umsehen und Probefahren, und leider zwei blaue Flecke später (einige der Fahrräder, die ich Probe fuhr, hatten keine funktionierende Bremse), hatte ich ein ganz ordentliches gefunden. Für 60 Euro, und der Verkäufer hat mir sogar noch einen Korb für den Gepäckträger geschenkt. Es hatte zwar keine Klingel, aber ein laut gerufenes «Achtung, aus dem Weg!» erfüllte den gleichen Zweck.

Ein bisschen ärgerlich fand ich es allerdings, dass das neue Schloss, das ich danach kaufte, teurer war als das Fahrrad! Ich wollte verhindern, dass mir noch ein Fahrrad geklaut wurde, und hatte mir deshalb ein U-Schloss gekauft. Toll, da musste ich mir ja nun mehr Sorgen drum machen, dass mein Schloss geklaut wurde als mein Fahrrad. Brauchte ich jetzt ein extra Schloss fürs Schloss?

Die *mit der*
postkarte aus dem museum

Dreizehn oder sieben? Dreizehn oder sieben? Dreizehn. Dreizehn klang schöner. Es muss dreizehn gewesen sein. Blödsinn, nur weil die Zahl schöner klingt, heißt das nicht, dass sie auf Gleis dreizehn ankommt. Warum musste ich auch gerade heute mein Handy zu Hause vergessen? Und warum hör ich Leuten eigentlich nie richtig zu? Wenn ich wüsste, von wo sie losgefahren ist, wär das ja gar kein Problem. Aber wie gesagt, ich hör nie richtig zu.

Okay, tief durchatmen. Meine Schwester kam heute zu Besuch, und ich wollte sie natürlich vom Bahnhof abholen. Ich hatte während unseres Telefongesprächs am Abend vorher aber gleichzeitig *taff* geguckt und deshalb nicht alles abgespeichert, was sie mir gesagt hatte. Und nun wusste ich zwar, dass irgendein deutscher Z-Promi die neue Geschäftsidee eines Meerschweinchensalons hat (denn es ist ja unfair, dass es so was nur für Hunde und Katzen gibt! Haha!), aber nicht, auf welchem Gleis meine Schwester ankommen sollte. Es gab zwei Möglichkeiten, entweder sie kam aus Bremen, von zu Hause, oder aus Hannover, weil sie dort gestern noch jemand besuchen wollte. Ich entschied mich für Hannover,

Gleis sieben. Ich wartete. Der Zug kam, meine Schwester nicht. Jetzt schnell zu Gleis dreizehn. Der Zug war ebenfalls angekommen und fuhr schon wieder ab. Keine Schwester, die einsam auf dem Bahnsteig wartete. Shit. Was jetzt? Okay, es war kein Weltuntergang. Sie war immerhin siebzehn, und ihr würde schon was einfallen.

Da hallte es plötzlich durch den ganzen Bahnhof:

«Die kleine Allyssa möchte sich bitte beim Deutsche-Bahn-Service-Schalter melden. Ihre Tante wartet hier auf sie.»

Okay, meine Schwester war da. Und sie konnte gleich wieder in den nächsten Zug steigen und zurückfahren! Nach Hannover oder Bremen. Mir egal.

Ich schritt entschlossen auf den Service-Schalter zu.

«Guten Tag, ich bin die kleine … äh … ich meine, ich bin die, die ausgerufen wurde.» Hinter mir grinsten ein paar Leute. Ich sah mich wütend um. Doch das beeindruckte niemanden.

«Wo ist denn meine …Tante?»

Die Dame zeigte hinter mich. Da saß meine kleine Schwester tatsächlich grinsend im Wartebereich.

«Da ist ja die kleine Allyssa!», rief sie und sprang auf. «Du sollst doch nicht immer weglaufen!»

Die Ersten kicherten. Ich zog Leandra ärgerlich weg.

«Danke dafür! Ging das nicht anders?»

«Schon, aber so war's lustiger. Wäre übrigens nicht nötig gewesen, wenn du am Gleis gestanden hättest.»

Okay, ich würde einfach mal großzügig darüber hinwegsehen. Schließlich hatten wir ja ein harmonisches Schwestern-Wochenende in Hamburg geplant.

Ich hatte mir für den ersten Nachmittag etwas Kulturelles überlegt. Na gut, *ich* hatte es mir nicht überlegt, unsere Mutter hatte es sich überlegt. Sie hatte angerufen: «Tut auch mal was für eure Bildung und hängt nicht die ganze Zeit in irgendwelchen Läden oder Kneipen rum! Es gibt da eine sehr interessante Kunstausstellung, die haben fast hundert Exponate aus dem Whitney Museum aus New York. Schaut euch die an! Wann sieht man schon mal einen original Edward Hopper? Ich mein ja bloß, ist nur ein Vorschlag.»

Okay, das war kein Vorschlag, sondern eine Anordnung. Wir brachten Leandras Koffer in meine Wohnung, und ich schlug vor, ins Bucerius Kunst Forum zu gehen, wo diese Edward-Hopper-Ausstellung war.

Meine Schwester zuckte die Schultern. «Wenn du das willst.»

Die Ausstellung war nicht überfüllt, und man konnte sich alles in Ruhe angucken. Leandra stand vor dem ersten Bild, und ich machte es mir auf der Bank in der Mitte des Raumes bequem.

«Na, dann erzähl mal!» Meine Schwester sah mich auffordernd an.

«Oh, du glaubst nicht, was mir gestern beim Shoppen passiert ist! Ich hatte dieses echt tolle Top bei Zara in der Hand, 50 Prozent runtergesetzt! Und dann springt mich plötzlich so ein verrücktes Mädel von hinten an …»

«Äh … Stopp!», unterbrach mich meine Schwester. «Ich meine, über die Bilder.»

Oh.

«Ich hab keine Ahnung. Ehrlich gesagt, interessiert's mich nicht besonders.»

«Und wieso sind wir dann hier?»

Ich zuckte die Schultern. Ich wollte nicht sagen, dass es eine mütterliche «Empfehlung» war.

Leandra grinste: «Moms Idee?»

Ich seufzte.

Sie setzte sich zu mir auf die Bank und fragte: «Also, was hat diese Frau bei Zara gemacht?»

Ich wollte gerade weitererzählen, da fragte Leandra: «Könnten wir nicht irgendwo anders hingehen? Der Sicherheitsmann guckt uns dauernd so böse an, weil wir nicht leise genug reden. Aber bei dieser blöden Hintergrundmusik muss man ja laut sein, man versteht sonst gar nichts mehr!»

«Ja, perfekt, wir setzen uns einfach ins Café hier!»

«Gibt's hier im Museum eins?»

«Oh, nein. Stimmt.»

«Schade. Das wär perfekt, dann hätten wir Mom sagen können, wir waren vier Stunden im Museum gewesen, und es hätte sogar gestimmt.»

Sie überlegte. «Dann machen wir das jetzt anders. Wir gehen in den Museumsshop, kaufen eine Postkarte von der Ausstellung, schicken sie an Mom und gehen dann zu Starbucks gegenüber.»

«Perfekter Plan», lobte ich meine kleine Schwester beeindruckt. «Du hast das echt drauf.»

«Na ja, ich bin ja noch in Übung. Schließlich wohn ich ja noch zu Hause, ich hab den Stress 24 Stunden an der Backe. Aber in einem Jahr, wenn ich auch ausziehe ...»

«Pfff», machte ich, «das wird auch nicht besser, wenn man auszieht. Das kann ich dir jetzt schon sagen!»

Während wir redeten, sah ich von Zeit zu Zeit zu diesem Bild hin. Ich glaube, es war «Nighthawk», ein ziemlich berühmtes Bild, das auch oft kopiert wurde. Es kam mir so bekannt vor, weil ich früher eine Fälschung mit Gummibären statt den drei Gästen an der Bar hatte. Eigentlich ganz interessant. Als wir aufstanden, blieb ich vor dem Bild stehen und betrachtete es.

«Das ist ja cool. Das Original sieht viel besser aus als meine Gummibärversion», meinte ich.

Meine Schwester nickte.

«Aber das hier find ich noch besser», sagte sie und deutete auf ein anderes Bild.

Was soll ich sagen, wir diskutierten, unterhielten uns über die Bilder und liefen tatsächlich durch die Ausstellung! Es war echt interessant und hat sogar Spaß gemacht.

Natürlich haben wir uns geschworen, dass wir unserer Mutter kein Sterbenswörtchen davon erzählen, sonst würde sie sich nur darin bestätigt fühlen, dass sie eben doch meistens recht hat und gute Vorschläge bringt. Und das ist mehr, als man ertragen kann.

Demnach schickten wir auch keine Postkarte.

Wir würden abstreiten, je in der Ausstellung gewesen zu sein.

Die *mit dem schal*

Wie strafbar ist Urkunden-Missbrauch? Sehr schlimm oder nur so mittelschlimm? Am besten wär es, wenn es einfach nur einiges Stirnrunzeln hervorrufen, sonst aber keine Konsequenzen nach sich ziehen würde! Ist das zufällig so? Diese Fragen habe ich mir neben vielen anderen gestellt (mich hat zum Beispiel auch interessiert, ob die auf der Wache zufällig Cheeseburger anbieten. Der Duft von McDonald's wehte verlockend rüber), als ich mit meiner Schwester nachts um drei auf dem Kiez war und diesen Polizisten gegenüberstand.

Aber von vorne …

Leandra und ich kamen gegen zwei auf dem Kiez an, waren gestylt und zu allem bereit. Na ja, sie war mir eigentlich etwas zu aufreizend gestylt. Ihr Rock war so lang wie meine Zahnbürste, aber meine Einwände regten sie nur auf.

«Jetzt kann mich Mom mal endlich nicht begutachten und mir Vorträge halten, bevor ich weggehe, dann machst du mir den Stress!»

Ich blieb ruhig, schüttelte zwar nochmal demonstrativ missbilligend den Kopf, fing aber keinen Streit mit ihr an. Ich wollte ja nicht so sein wie meine Mutter.

Wir standen also vor meinem absoluten Lieblingsclub in der Schlange und waren bereits kurz vor dem Türsteher. Ein klitzekleines Problem war da aber noch … Meine Schwester war noch nicht 18. Kurz davor, aber es fehlten eben noch drei Wochen. Meine überkorrekte Mutter hatte ihr zwar eine Bescheinigung mitgegeben, auf der sie mir die Erziehungsberechtigung übertragen hatte und die vorgeschriebene Kopie ihres Persos, alles schön in einer Klarsichthülle. Die hatten wir aber zu Hause gelassen, denn wer läuft schon gern mit einer DIN-A4-Klarsichthülle und Formular auf dem Kiez rum? Und nun wollten die hier Ausweise sehen. Und ich wollte dringend in diesen Club. Ich zupfte meine Schwester aus der Warteschlange, holte einen Ausweis aus meiner Tasche, gab ihn ihr und meinte: «Hier, zeig den vor, sonst kommst du nicht rein.»

«Deinen Führerschein?»

Klar, wozu hatte ich denn meinen Führerschein gemacht, wenn nicht zum Weiterreichen an meine Schwester?

«Hat Mom dir nie den Vortrag gehalten von wegen keine gefälschten Papiere, keine geliehenen Ausweise? Wenn der Türsteher uns so durchwinkt, hat sie nichts dagegen, aber keine Gesetzesübertretungen!»

«Doch klar. Das gehörte früher zu meinem abendlichen Standardverabschiedungsprogramm. Genauso wie: Steck dir Taschentücher ein, hab stets Nähzeug und Pflaster dabei und vor allem nimm immer einen Schal mit, egal, ob Sommer oder Winter. Ich seh das lockerer. Man muss sich nicht immer so viel Gedanken machen!»

Leandra grinste: «Das mit dem Schal geht mir auch

auf die Nerven. Das sagt sie bereits, wenn ich mein Zimmer verlasse und in die Küche gehe.»

Leandra sah zögernd auf meinen Führerschein.

«Was zeigst du vor?»

«Ich hab meinen Perso», winkte ich ab.

Sie steckte meinen Führerschein ein, und wir stellten uns wieder in die Reihe. Meine Schwester stand ein paar Meter hinter mir, sodass der Türsteher nicht zwei gleiche Bilder direkt hintereinander unter die Nase gehalten bekommen würde. Aber die gucken sowieso nie richtig hin, also sah ich da kein großes Problem. Ich ging rein und wartete im Eingangsbereich. Wartete. Und wartete. Hm. Es waren ungefähr zehn Leute nach mir reingekommen, meine Schwester hätte auf jeden Fall schon dabei sein müssen. Ich fing an, nervös zu werden. Ich lief schnell wieder nach draußen und sah mich um. Und entdeckte sie. Auf der anderen Straßenseite, circa 50 Meter vom Clubeingang entfernt, von fünf Polizisten umzingelt. Panik. Panik. Paaaaaaaaaaanik! Was sollte ich jetzt tun? Hingehen? Mich fernhalten? Wer von uns beiden hat sich jetzt strafbar gemacht? Sie oder ich? Wir beide? Was würden unsere Eltern sagen? Oh Gott, das Gespräch, das ich mit meiner Mutter führen müsste, würde nie enden. Von wegen nicht viel Gedanken machen.

Bevor ich entscheiden konnte, was der nächste kluge Schritt in dieser Situation war, klingelte mein Handy. Meine Schwester. Ich sah, wie sie sich das Handy ans Ohr drückte.

«Leli?!»

«Hey, Lys! Bevor du irgendwas sagst, hör mir zu. Also: Ich muss dir was beichten.»

Ich schluckte. Was kam denn jetzt?

«Ich habe mir heute Abend, als du im Bad warst, deinen Führerschein aus deinem Portemonnaie genommen und versucht, damit in einen Club reinzukommen.»

Okaaay. Was? Was redete sie denn da? Ich sah wieder zu ihr rüber. Die Polizisten hörten jedes Wort mit.

«Es tut mir furchtbar leid! Ich wurde erwischt und steh jetzt vor der S-Bahn-Haltestelle mit der Polizei! Ich weiß, dass du heute Abend auch irgendwo aufm Kiez unterwegs bist, kannst du hierherkommen?»

O Mann, war die süß. Sie nahm alle Schuld auf sich. Ich würde nicht die Zelle mit ihr teilen müssen. Meine Mutter würde nur *eine* Tochter im Gefängnis besuchen müssen. Mir zitterten trotzdem die Knie.

«Okay, Lel, ich komm sofort. Bleib ruhig, mach dir keine Sorgen! Wir kriegen das hin!»

Ich glaube, ich habe da eher mit mir selbst geredet. *Sie* war ruhig. *Ich* stand hier und war kurz vor einer Panikattacke.

Ich hechtete über die Straße, fiel meiner kleinen Schwester um den Hals und schluchzte: «Es tut mir so leid!» Sie wehrte mich jedoch ab und raunte mir zu: «Stell dich nicht so an!»

Eine Polizistin mit Telefon am Ohr erklärte irgendjemand den Sachverhalt.

«Mit wem telefoniert sie?», flüsterte ich meiner Schwester zu.

«Mit Mom!», sagte Leandra und konnte den Horror in ihren Augen nicht verbergen. Schon bedenklich, wenn man mehr Angst vor der eigenen Mutter hat als vor fünf Polizisten.

Die Polizistin hatte nun das Telefonat beendet und drehte sich zu uns.

«Ihr seid also die Ullrich-Schwestern. Hm.» Sie blickte uns von oben bis unten an, dann sagte sie: «Eure Mutter hat gesagt, ich soll euch kräftig die Leviten lesen und euch ins Taxi setzen und auf der Stelle nach Hause schicken. Die Party ist zu Ende. Aber die Strafanzeige kommt noch. Und dass ich euch jetzt nicht mit aufs Revier nehme, habt ihr eurer Mutter zu verdanken. Sie scheint eine ganz vernünftige Frau zu sein, wieso hört ihr eigentlich nicht auf sie?»

Gute Frage, nächste Frage.

«Ach ja, sobald ihr in der Wohnung seid, sollt ihr eure Mutter anrufen!»

Leandra und ich überlegten kurz, ob wir nicht doch lieber mit aufs Polizeirevier gehen und dort Schutz suchen sollten, aber dann fügten wir uns unserem Schicksal und hielten Ausschau nach einem Taxi.

Wir standen in der eisigen Kälte.

«O Mann, ich friere so», bibberte Leandra und hüpfte von einem Bein aufs andere.

«Du hättest mal besser einen Schal mitnehmen sollen», sagte ich.

Die *mit der* *schockierenden erkenntnis*

Am nächsten Morgen lagen wir im Bett und starrten gegen die Decke. Uns schwirrten die Worte unserer Mutter noch in den Ohren. Ihr Vortrag war lang, hart und lang (ich weiß, zweimal lang, aber ihr glaubt ja gar nicht, wie lang!) gewesen. Ich hatte wirklich ein schlechtes Gewissen und beschloss, ab jetzt keine Gesetze mehr zu brechen und weitere Kontakte mit der Polizei einzustellen. Ein vernünftiges Vorhaben, meiner Meinung nach.

«Was machen wir jetzt?», fragte meine Schwester.

«Frühstück?»

«Nein, ich meinte eher mit der Situation und Moms Wut. Aber Frühstück klingt weitaus besser, einfacher und weniger beängstigend.»

Ich nickte. Leandra nahm eine Tafel Schokolade vom Nachttisch und begann, sie aufzureißen.

«Hey! Was machst du?!»

«Ich frühstücke!»

«Aber doch keine Schokolade. Und dann auch noch im Bett! Du wutzt mir doch alles voll!»

Leandra zog die Augenbrauen in die Höhe, legte die Tafel Schokolade mit spitzen Fingern wieder auf den Nachttisch und meinte: «Ja, Mom.»

«Sehr lustig!», zischte ich ärgerlich.

Wir gingen in die Küche, sammelten alles für unser Frühstück zusammen und trugen es in mein Zimmer. Leandra setzte sich wieder ins Bett. Ich reichte meiner Schwester eine Unterlage.

«Nee, danke, brauch keine.»

«Doch, für Krümel», entgegnete ich.

«Ich krümel nicht.»

«Du nicht, aber das Brot. Also nimm!»

«Mein Brot krümelt auch nicht, hab ich extra so trainiert.»

«Mann, Leli, jetzt nimm die blöde Unterlage!»

Sie wollte aber nicht. Ich gab auf, wir frühstückten. Ihr dürft raten. Drei Minuten hat's gedauert, bis das Brot falsch rum auf der Bettdecke lag und Marmelade überall klebte und das Bett voller Krümel war.

«Was habe ich gesagt?», fragte ich und versuchte, ruhig zu bleiben.

Leandra verzog das Gesicht.

«Dann gib mir halt so eine Unterlage.»

Genervt nahm sie die Unterlage, die ich ihr entgegenhielt.

«Die gleichen hat Mom übrigens auch», stellte sie fest.

«Echt? Ich find die ganz schön. Gab's bei Tchibo. Praktisch, gar nicht hässlich, und der Viererpack hat nur fünf Euro gekostet.»

«Haha, so hat Mom den Kauf auch gerechtfertigt. Ihr werdet euch immer ähnlicher.»

Ich schluckte.

«Nimm das sofort zurück!»

Leandra zuckte die Schultern. «Nein, im Ernst, seit ich hier bin, hattest du dreimal ein Extrapaar Handschuhe für mich dabei, wenn wir unterwegs waren, hast mir Vorträge über abgesplitterten Nagellack gehalten, mir Hausschuhe an die Füße gezwängt, damit ich mir keine Erkältung zuziehe, und jetzt muss ich hier mit Unterlage essen. Ehrlich, ich mach mir Sorgen um dich. Wir hatten mal einen Pakt, dass wir nicht so werden wollen wie unsere Mutter!»

Ich starrte meine Schwester erst wütend, dann immer entsetzter an. Sie hatte recht: Ich war dabei, mich in meine Mutter zu verwandeln.

Oh. Mein. Gott.

Ich nahm ihr die Unterlage weg, warf sie auf den Boden, sprang zu ihr ins Bett und legte mein Nutellabrötchen auf der Bettdecke ab, griff nach der Schokoladentafel und reichte sie meiner Schwester.

«Hier, dein Frühstück. Kannst krümeln und rumwutzen, so viel du willst!»

Leandra nahm die Schokolade und grinste.

«Das hältst du eh nicht lange durch», meinte sie, während sie ein Stück abbiss.

Ich zuckte zusammen, als ein ziemlich großes Schokoladestück herunterfiel und es sich neben dem Kopfkissen gemütlich machte.

Ich schluckte. Ich musste jetzt ganz stark sein.

Ich war viel zu jung, um so zu werden wie meine Mutter!

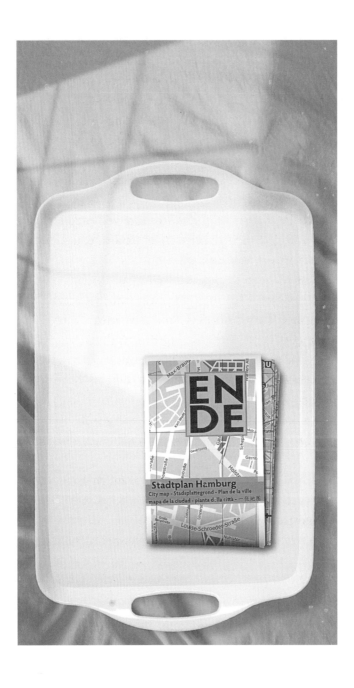

nachwort
von Hortense Ullrich

Ich war etwas schweigsam während der letzten Episoden. Das liegt daran, dass mir zu oft das Wort «Polizei» darin vorkam. Und dass ich damit beschäftigt war, beruhigende Atemübungen zu machen. Ist das mit «Loslassen» gemeint? Dass man sich nicht mehr aufregen darf? Wenn die Kinder genau das machen, wovon man ihnen abrät, und dann genau das passiert, was man prophezeit hat? Und dann darf man noch nicht mal rufen: «Ich hab's dir doch gleich gesagt! Wieso hörst du denn nicht auf mich?»

Lernen die denn wirklich nur durch eigene Erfahrungen?

Ich hatte ihnen mal erklärt, wie mein Job als Mutter funktioniert: Als sie auf die Welt kamen, hatte ich die 100-prozentige Verantwortung für sie, ich musste alle Entscheidungen für sie treffen. Je älter sie wurden, desto öfter konnten sie mitentscheiden, also habe ich im Laufe der Jahre ihnen immer mehr von meinen 100 Prozent Verantwortung übertragen. Ziel war, dass sie mit achtzehn die komplette Verantwortung für sich selbst haben und ich wieder frei, fröhlich und unbeschwert vor mich hin leben kann. Nur stell ich fest, dass mein Plan irgendwie nicht aufgeht. Die Natur lässt mich nicht vom Haken. Die Kinder ziehen aus, und ich mache mir immer noch Gedanken um sie. Und nun hab ich nicht mal mehr irgendwelche Druckmittel zur Verfügung. Oder kann man per Telefon einem Kind, das in einer anderen Stadt lebt, Hausarrest und Fernsehverbot erteilen?

Na, wäre vielleicht einen Versuch wert.

Allerdings (und jetzt bemühe ich mich wirklich, nicht zu grinsen) habe ich dennoch das Gefühl, dass mein Job getan ist: Allyssa benimmt sich gelegentlich schon wie ihre eigene Mutter! Hahaha!

Segen oder Fluch?

Keine Ahnung. Auf alle Fälle amüsant.

Wir bedanken uns bei folgenden Firmen, die ihre Produkte für unsere Illustrationen zur Verfügung gestellt haben:

CROSS Jeanswear GmbH

Chocoladefabriken Lindt & Sprüngli GmbH

Lotte Voss Faktorei

Joker-Brand-Europe GmbH

Für die Organisation bedanken wir uns bei:

PR COMMANDER GmbH

Und für die Nutzung der Stadtplanausschnitte bei Markus Venzke (http://www.markusvenzke.de/Hamburg karte/index.html)